Cover Illustration by hatsuko

リクに名を与えた少女。
途方もない孤独を抱えているようだが……。
アイ
リク
「忌み子」と呼ばれる少年。
いたぶられるだけの毎日を送っていた。
Illustration by hatsuko

クロエ
絶対的な権力を誇る、【都市】の軍人。
【願いを叶える装置】を追う。

マキちゃん
リクの夢に現れ、
願いを叶えてくれるというが、
その正体は……？
Illustration by hatsuko

六兆年と一夜物語

A Tale of Six Trillion Years and a Night

原案：KEMU VOXX
著：西本紘奈
イラスト：hatsuko

角川書店

contents
目次

それは　とおい　とおい　とおい　じだいの
ふるい　ふるい　ふるい　おはなし
カミサマだけが　しっている
とても　なつかしい　ものがたり

第1章 産まれついた時から

「――ねぇ、キミの願いはなぁに？」

なんのことだろう？
目のまえには女が立っていた。
にっこり。わらった顔。
意味が分からない。

「まだ願わないの？」

……何を？

「マキちゃんに何か願わないの？　もう十五歳なんだから、いろいろあるでしょ？　願い事、たくさんあるでしょ？」

マキちゃん？
――ああそうか、これはいつもの夢だ。
【マキちゃん】が出てくる、何度も見た夢。

これでもう七度目かな。

「だから夢なんかじゃないってば。何回も言ってるよね。マキちゃんはこうしてずっと待ってるのに、どうして願わないの？　待つの、いい加減飽きちゃいそう」

よく分からないけど、なんだか怒ってるみたいだ。

「あっ、マキちゃんは子供じゃないんだから怒ったりしてないよ？　ほんとは飽きたりもしてないし、別に——……」

マキちゃんの声が止まり、下を向く。

「……別に、寂しいとか思うわけないし……」

なにが言いたいんだろう。

マキちゃんが顔を上げた。

「ねぇ、欲しいもの、ないの？　あるよね？」

マキちゃんの方こそ求めてるような顔だ。

マキちゃんは【願い】を求めてる。どうしてかなんて、知らないけど。

「なんでも叶えてあげるよ。だからほら——……願って？」

マキちゃんの手に、箱があらわれる。

色とりどりの、たくさんの箱。

「まちがえた過去をやりなおしたい？

まちがえないよう未来が知りたい？

平和に暮らすことを許されたい？

許せない人に復讐したい？

最強無敵のヒーローになりたい？

不老不死の魔法使いになりたい？

……なんだって叶えてあげる。

どんな願いも叶えてあげる。

それとも」


それとも、と、マキちゃんは笑う。

「それとも、幸せになりたい？」

……………。

「――？　どうして首を振ってるの？　欲しいもの、ないの？」

……そんなもの、ない。

何も。

「どうして？　幸せになりたくないの？」

不安そうにマキちゃんが問いかける。

でも僕には幸せが何か分からない。

だから欲しいものなんて何も無い。

何も。

「じゃあマキちゃんは役に立てないの？　願いを叶えられないの？　マキちゃんが願いを叶えられるのは ××× の ×× だけなのに——……」

なにを言ってるんだろう。聞きとれない。

「…………っ」

マキちゃんが唇を噛んだ。

「……マキちゃんは諦めないよ。マキちゃんは待ってるもん。忘れないで、覚えていて。マキちゃんはふるいおうちで待ってるから。誰もいない夕暮れで、ずっと待ってるから。だからきっと会いに来て」

きっと、願いを叶えてあげるから。

1・箱に囚われた少年

――――ガン！

腹に衝撃がきて、目が覚めた。

「いつまでも寝てんじゃねぇよ、【忌み子】のくせに！」

ああ、朝だ。

また今日も一日の始まりなのか。

また今日も彼らの暴力が始まったのか。

さっきまでしていたマキちゃんとの会話は全部、夢。

これから始まるくりかえしが、僕の日常。

「朝一で腹蹴るとか、さっすが〜」

「だってこうでもしないと起きないだろ？　寝たままのやつ殴ってもつまんないし」

「言いながら殴ってんじゃん」


頭の上で声が聞こえる。

目がよく見えない。なんでだ？


「つか昨日も顔殴りすぎたんじゃないか？　目が腫れあがってるぞ」

「本当だ。まぁいいでしょ。こいつの目なんか見えなくても」


殴られる。

殴られる。

殴られる。


「こいつはさ、殴られるしか役に立たないもん」

「無反応だしなー。つまんねぇ。ま、泣いてもうざいけど」

「いいだろ、いくらでも凄いことできるし。——な！」

重い蹴り。

「この部屋がもうちょっと広ければ、十人くらいでこいつを苛(いじ)められんのにな」
「今の五、六人ずつって数でちょうどいいって。仲間感あるし！　ははっ」
「仲間！　あはは、それすごい笑える。【忌み子】で遊ぶ仲間な」

忌み子、か。
もう何度聞いたか分からない言葉だ。
僕のことだってことは分かるけど、それも、もうどうでもいい。

どうでも、いい。

「忌み子のおまえには、村人の皆(みんな)に殴られるくらいしか価値ないもんな〜？」

聞かれたって。
別に。

答えなんて求めてないだろう。

「殴られるだけで生きていけるとか、すげぇ楽だよな」

そうなのか？

……そうなんだろう。

「でもさぁ、こいつ痛いとか言わないよね。俺、ここに来るようになって数か月だけど、痛そうな顔も見たことない」

痛い？

なんのことだろう。

わけがわからない。

「はあ？　お前、いまさら何言いだすんだよ」

「いやだって、普通殴られたら痛いでしょ？」

…………？

なんだ、それ。
そんなの、知らない。

知らない。
知らない。
知らない。

「新入りだから知らなくて仕方ないけどさ～、こいつには、痛いなんて無いの。そんなこと思っちゃいけないの。だって痛くされて当然の【忌み子】なんだからさ。だろ？」

ああそうだ、そうだった。
何も思っちゃいけない。
何も感じちゃいけない。
何も考えちゃいけない。

「なるほど、たしかにこいつはしょせん、ゴミみたいな【大罪の忌み子】ですもんね」

「そうそう。生かしてもらえてるだけ有り難く思えって話？」

「殴る俺らが悪いんじゃなくて、殴られるこいつが悪いんだよな」

そうだ、僕が悪い。

僕の存在が罪なんだ。

きっときっときっと。

「だから今日も、生きてることへのおしおき～！」

蹴られて。

倒されて。

踏まれて。

いつもと変わらない毎日。

くりかえされる日々。

僕は何も思っちゃいけない。

だって僕は【大罪の忌み子】で、村人の皆に殴られるしか価値が無いんだから。

何も感じちゃだめだ。

何も考えちゃだめだ。

きっと。

生きていることが、だめだ。

駄目(だめ)だ駄目だ駄目だ駄目だ駄目だ。

何もかも、駄目なんだ。

「俺だったらこんな汚(きたな)い部屋で暮らすってだけで死にたくなるけどな。しかも生まれてからずっとここに閉じこめられてるとか、ありえない」

「死にたいとか思うのかな？　そんな偉(えら)そうなこと、こいつが？」

「はっ、死にたいとかそんな自由無いっての。まあ――」

「――殺してやるような優しさもないけど」

ああほらやっぱり、何も許されない。

「生かしてあげる優しさはあるだろ」

「まあでないと俺らが目ぇつけられて困るじゃん」

「村の皆が言ってるだろ。生かさず殺さず、カイゴロシってやつだよ」

「そりゃささやかな楽しみとして殴らせるくらいはさせてもらわないとな」

「ほんっと、ささやかだけどな！」

「構わないでしょ。どうせ皆こいつのことなんて、殴る時以外は忘れてるし」

「たしかに忘れてるー!!」

うずくまる。

寒い。

ここは寒い。

昏くて、寒い。

息が苦しい。

でもそれもきっと気のせい。僕は何も感じちゃいけない。

「あれっ、こいつ意識またとんだ？」

「いつものことだろ。弱いんだよな」

「だから役立たずの屑(くず)なんだよ」

「つかもう頭おかしいんじゃないか？　怖(こわ)っ」

笑い声がひびく。

ろくに何も見えないのに、蔑(さげす)んだ目だけは分かる。

暴力をうけていることだけは分かる。

……それさえも、きっと分かっちゃいけないのに。

手の枷(かせ)が、みょうに重たく感じた。

がさり。

音がした。

何の音だろう？

薄目を開ける。

腫れが引いたのか、いつもと同じ部屋が目に入る。

灰色の部屋。村人の男たちに言わせると狭くて汚い部屋。

染みがまた増えてる。赤黒いのは、僕の血だろう。

べつにいつものことだ。

点々と飛んだ黒ずんだ染みが床中、部屋中を覆い尽くせば、赤い箱ができるのかな。

いっそそのほうが綺麗かもしれない。

血の色だけは綺麗だと思うから、だから。

真っ赤な箱ができれば、それは、きっと――

――ああ、そんなこと考えたって仕方ない。

がさがさ、がさがさ。

音が近づいてきた。

〝外〟からだ。この部屋には今、僕しかいないから当然だ。

村の男たちが部屋を訪れるのは【おしおき】の時だけだし、僕が倒れたらおしおきは一旦終了、翌日に持ち越し。

吐きだすような暴力と蔑んだ目の毎日。

あきれるほど変わらない、僕と村人の習慣だ。

壁際に寝転がったまま、すぐそばにある窓を見る。

〝窓〟なのか〝通気孔〟なのか、村人によって呼びかたが違うのでよく分からないが、とにかく外が見える穴。その向こうから、小さな影が寄ってきていた。

「……ねぇねぇおかあさん、あながあるよ」

喋った。

人間なんだろうな。

でも僕よりずいぶんと小さい大きさ。

だから、きっと子供っていうやつだ。

「このあな、てつのぼうがついてて、なかにはいれない」

鉄格子のことだな。

ときどきこの部屋の近くに来る人間がいろいろ喋るから、それは知っている。


部屋の外の草むらでは、いろんな人がひそひそと話していく。

だから、生まれてからずっと部屋から出たこともないのに、いろんなことを聞いた。

覚えたくもないのに、どうだっていいのに、たくさんの単語を覚えてしまった。

村人。村長。会議。家族。わいろ。金。女。ぜいたく。好き。嫌(きら)い。

意味が分からないのに、単語だけ覚えてしまう。

もっとも、おしおきの時に浴びせられる言葉が一番よく聞くのだけれど。

知ってもどうしようもないのに、くだらない。嫌気(いやけ)がさす。ああ本当に毎日が――

「――なかにねこがいるのに、たすけられないよ」

ねこ?

何の話だ。

中にいるのは僕だ。

僕はねこなのか?　いや、忌み子のはずだ。

でもじつはねこなのかな。だったら――

〝たすける〟って、なんだろう。

「何をしてるの!」

女の悲鳴だ。

さっきよりもっと早い勢いで草が揺(ゆ)れて、何かが近づいてくる。女だ。

「この家には近づいちゃ駄目って言ったでしょう！」

ぐいっ。

女が子供を引っ張った。

ちいさい生き物はああいう風に扱われるものなんだろうか。僕とおなじかな？

思った瞬間、女が子供を抱きしめた。

ふるえる声で女は言う。

「……いなくなって、心配したのよ……っ」

あれ？

心配？

そんな言葉、知らない。聞いたことない。

そんなやわらかい声も、聞いたことがない。

抱きしめる手の力強さも、そもそもそんな触れかたも。

——……知らない。

「お、おかあさ……」

「……っ、怒ってるんじゃないのよ。おかあさんはあなたが心配なだけ」

目から水をだしはじめた子供に、女——〝おかあさん〟とやらが懸命に話す。

「ここには怖い忌み子がいて、近づいたら呪われちゃうのよ。だからおかあさん、あわてたの」

「ほんとう？　おこってない？」

「怒ってないわ。でもここには近づいちゃだめ。分かった？」

「ごめんなさい……ごめんなさい、ごめんなさい。おかあさん、ごめんなさい」

子供の大声。目からあふれでる水。

あれはきっと、涙だ。

何度か女が一人で流すのを見たことがある。

「泣かないで」と〝おかあさん〟が言う。ならあの涙を目から出すのが、泣くってことか。

どうしてあの子供は泣いているんだろう。

分からない。

別に考えるようなことじゃない。

きっと、あれは、近づいちゃいけないい世界だ。

「もういいのよ。おかあさんもきつく言ってごめんね？　ほら、手を繋ごう」

「うん……」

〝おかあさん〟と子供が手を繋ぐ。

しっかりと、手を繋ぐ。

「ほら、もう夕暮れよ。帰りましょう」

「うん、おうちにかえる！」

繋がれた手が夕日に映(は)える。

寒い。

また、寒い。

〝帰る〟二人の姿を見ていると、なんだか寒くてたまらない。

「……おかあさんのおてて、あたたかいね」

あたたかい、なんて知らない。

「繋いでるからよ。それに、あなたのことが大好きだから」

だいすき、なんて知らない。

「ぼくもおかあさん、だいすき！　あっ、でもおとうさんもすき」

「ふふ、私もお父さんのこと好きよ。家族だものね」

「うん、おうちにかえるの、だからだいすき！」

家族、なんて。

帰る、なんて。

おうち、なんて。


僕は何も知らない。


楽しげな声が遠ざかっていく。

「でも絶対に、あのおうちに近づいちゃだめよ。あそこに近づいたことも話しちゃだめ。おうちのなかにいるモノにも。近づいたら村の皆に殺されるかもしれないんだから」

「ころされる……？」

「嘘じゃないのよ、本当。前に牛飼いのタカヤさんが村を追い出されたでしょ？」

「タカにいちゃん……ぼろぼろだった……」

「仔牛がこっちに迷いこんで、あのおうちのなかのモノを舐めたらしいの。その責任として、皆に痛めつけられて村から追い出されたのよ」

そういえば以前、変な生き物に指を舐められた。

すぐに人が走ってきて、変な生き物を連れて帰った。

あれは仔牛で、あの人はタカヤというものだったのか。

「タカヤさん、顔も体も痣だらけだったわ。骨も折れてるみたいだった。……あんな傷で荒野に出ても、きっと助からない。今ごろ死んじゃってるわ」

別に僕に近づいて殺された人の話は初めてじゃない。

もう十人くらいになったかな。

これもまた、いつものこと。

「本当、怖いわ……」

え？

怖い？　何が？

死ぬことが？　殺されることが？

……分からない。

草が擦れる音が遠くなる。

僕に近づいて死んだ人。

手を繋いで帰る〝家族〟とやら。

僕は何も分からない。考える自由も感じる自由も許されていない。

何も、知らない。

なのに。

『……おかあさんのおてて、あたたかいね』

『繋いでるからよ。それに、あなたのことが大好きだから』

なのに、本当に本当に本当に本当に寒いんだ。

うずくまる。

寒さなんか感じないよう、自分で自分を強く強く抱きしめて。

そっと、爪(つめ)を噛む。爪を噛んでやりすごす。

昏い視界に、夕日に照らされた繋ぐ手が見えた気がした。

『うん、おうちにかえるの、だからだいすき！』

扉が開く。

村人たちが入ってくる。

「まったく、やってらんねぇよな。村長のやつ偉そうに……」

「コレを殴って気分直そうぜ」

「そうそう。こういう時には便利だよな」

今日も今日の始まりだ。

何も……変わらない——

「——ほんっと、辛気くせぇツラしてるよな」

殴られる。

視界が暗くなって、頭のなかがぐちゃぐちゃに揺れた。

「こいつに近づいただけで運が悪くなる的な？」

「生きてるだけで迷惑なんだよな」

「おまえの呼吸分、空気がもったいないっての」

「役立たずの屑は俺たちに踏まれて反省してくださーい」

「ははっ、それいい、俺も踏もっと。——はい、生きてることを反省してくださーい！」

「情けないツラさらしてのうのうと屑人生を送ってるって反省ーっ」

「反省、反省！　生きててごめんなさいくらい言えってな。はははははっ」

「そりゃ無理でしょー。だってこいつはさぁ——」

僕の首もとを踏んでいた足が移動して、今度は顔を踏みつける。

「————喋れる舌なんて無いんだから」

ぴしゃっ。

生暖かい水が頬にかけられた。唾だ。

「おまえさ、唾かけるの上手いよな。どうやんの？」

「こうやるんだって、——ほら」

「おっ、俺も俺も！」

「皆で練習しようぜ。こいつにならいくらやっても平気だし」

「こう？　あっ、ずれて口ん中入れちまった、ははっ、きもちわりー」

「うわ、おまえ痰とかかけるなよー、蹴る俺の足にかかったらどうするんだ」

「悪い悪い、でもいいじゃん、ちゃんと忌み子にかかったんだし」

かけられる唾。
僕はうけとめるだけ。
何も感じない。考えない。気持ち悪いなんて思うわけない。
そんなことは許されていないからだ。
痰を吐いた男が仲間に笑って謝ったのち、僕をにらみつける。
「――おまえのせいで失敗するところだっただろ!?　俺らに謝れよ！」
ごめんなさい、ごめんなさい、ごめんなさい。
失敗させかけてごめんなさい。迷惑になってごめんなさい。生きていてごめんなさい。
僕が全部悪いんです。僕が大罪の忌み子だから悪いんです。生きていて悪いんです。
「おまえの手も頭も顔も体も、全部こうして踏まれる程度しか役に立てないんだよ！」
枷をつけられた手が、強く踏まれた。
男の重みがかけられて、みしみしと手のひらが音を出す。
――――手のひら。
そのかたちに、ふと思い出した。
昨日見た光景を。
夕暮れのなかの親子、しっかりとつながれた、ふたつの手を。

『……っ、怒ってるんじゃないのよ。おかあさんはあなたが心配なだけ』
『ほら、もう夕暮れよ。帰りましょう』
『うん、おうちにかえる！』
『……おかあさんのおてて、あたたかいね』

心配。帰る。おうち。あたたかい。
僕は、どれも知らない。
僕の手は踏まれるためだけにあるし、僕の顔も頭も体も全部そうだ。
つなぐ、なんて知らない。
知らない知らない知らない知らない。
何も。

…………知らないままで、いい。そうでなきゃ駄目なんだから。

頭を蹴られる。
足をねじられる。
腹を踏まれる。

「――早く死ねばいいのに」

そうでなきゃ、いけない。

男たちが帰る。

もう夕暮れだ。

いつもと同じ。おしおきで始まった今日は、おしおきが終わって終了する。

明日もまたおしおきで始まっておしおきで終わるんだろう。

変わりなんて、ない。

何も思い出しちゃいけない。

夕暮れだからって昨日のふたりのことなんか思い出しちゃいけない。

だから、早く目を閉じよう。耳だってふさごう。

何も何も何も、知ってしまわないように。

何も――

「――――!――っ、――――!!」

声が聞こえた。


村人たちのおしおきが夜もある日なんだろうか？

でも違う。これは扉の向こうから聞こえてくる声じゃない。

…………外、から？


「……っめんなさい、ごめんなさい、お父さん、許して」

ふるえる声。男のものじゃない。

女？　子供？　どちらか分からない。

「――うるさい!!」

ごっ！

今度は男の声とともに、聞きなれた鈍(にぶ)い音がした。

殴られた音。

こぶしで頭を強く殴られたときの音だ。

「……っぁ――」

どさり。

草むらに何かが落ちた音が響いた。

……倒れた、のかな。

吐き捨てる声が続く。

「お前がいるから俺はこんなふうな目に遭うんだ。お前がいるから俺はどこにも住めないんだ。お前がいるから俺はろくに稼げないんだ。お前がいるから俺は新しい女もできないんだ。お前がいるから」

ばしっ、ばしっ、ばん！

何度も鳴る、平手で張り飛ばす音。

怒声も僕がよく浴びせられるものとよく似ている。

「ごめんなさい、お父さんごめんなさい、私のせいでごめんなさい……っ」

謝る女だか子供だかの声。

なんだか聞き覚えがある言葉のような気がする。

そうか、僕がいつも心の中で思っているのと、同――

「――黙れ、お前なんて【忌み子】だ!!」

……　　？

「お父さん、やめて、許して。もうぶたないで」

「黙れ黙れ黙れ黙れ!!　お前がいるからいけないんだ、お前がいるから何もかも！」

男が叫ぶ。殴る。

「知ってるか？　この村じゃ、このへんに来たやつは殺されるんだってよ」

……知っている。

僕に近づいた人は殺されるからだ。

(だからあの〝おかあさん〟は子供に悲鳴をあげた)

(あの〝おかあさん〟は子供を〝心配〟したから)

(……〝心配〟って)

がさり。

草むらが揺れる。

「……お父さん……」

ふるえる声がひびいた。

「ちょうどいいじゃないか。分かるだろ？――――お前、殺されてくれよ」

……殺されてくれ？

そんな話、はじめて聞いた。

殺されるために、あえて僕の近くに来たんだろうか？

……殺してもらうために？

ゆっくりと目を開ける。

薄く開けた目に、ふたりの姿が映る。

男が、僕と同じくらいの大きさのなにかを引きずっているのが見えた。

僕と違って長い髪(かみ)を持つ、あれは――……

……女の、子供？

まったく、と、男が唾を吐く。

「早く死ねばいいのに」

え？

はやくしねばいいのに――？

それは、その言葉は。

そう言われるのは。

がさがさ、がさがさ。

男が女の子供（？）を草むらに投げ捨てて去っていく。

痛そうだ。

そう。

痛そう。

痛みなんて僕は知らないのに。知っていてはいけないのに。

なのに思った。

痛そうだと、思った。

……どうして？

一人、残された女の子供は、地面に座りこんで上を見あげた。

何かを見ている。

去っていった男を？

それとも、空を？

夕日がふりそそぐ。
赤い光が僕の部屋をも照らす。
赤い朱い紅い、血とおなじ色が部屋を染める。
赤い箱をつくるみたいに。

草むらに座る存在が、影になって黒くなる。
殴られて血を流した唇が、何かを言った気がした。

し　に　た　い　。

聞こえない。
何て言っているのだろう。

こ　ろ　さ　れ　た　い　。

風が吹く。

夕日に赤く染まった草むらがざあざあと揺れる。
たくさんの声をかきけす。

「わ　た　し　を　　し　て　く　れ　る　　　　と　　　　せ　て」

願う？　願う？　願う？
わらうだれかの声が聞こえる気がする。
うずくまる人影は笑ってなんかいないのに。
ほかには誰もいないはずなのに。
願う？　願う？　願う？
声が、して。

「お　ね　が　い」

世界が一瞬、黒く見えた。

そんなことがあるはずもないのに。

……がさ。

草が揺れる。

がさがさ、がささ。

近づいてくる。

誰が？

男は去った。遠くへ行った。もう姿も見えない。

なら、誰が？

「……………」

聞こえてくる荒(あら)い呼吸。

ぽたり、ぽたりと血の雫(しずく)が葉に落ちる。

がさがさ、がさがさ。

少しずつ音が近づいてくる。

太陽を背にした、黒い人影が。

「――……そこに、いるの？」

「!!」

声をかけられた。

僕に？

……僕にだ。

風が吹く。

僕に声をかけた人間。

女の子供。

昨日見た〝おかあさん〟と似ているようで、でも全く違う。

僕と似た大きさの〝女の子〟。

その、長い髪が揺れる。

銀色の髪を夕日が照らして、一本一本まで綺麗に見えた。

さきほどまで打(ぶ)たれていたらしい、腫れた両頬。

切れた瞼から流れた血が顎から落ちていく。

まるで、あれだ。

子供が目から流していた水。涙。

でもこの子の涙は赤い。赤い雫。紅い涙。赫。

着古された服はところどころ破れていて、すきまから痣だらけの体が見える。

青黒い痣や紫の痣、黄色くなった痣は、毎日くりかえし殴られた痕だ。

僕には分かる。僕の体についているものと同じだからだ。


――――おなじだ。


すぐに思った。

理由など無く思った。

祈るように縋るように、思った。


「……そこに、いるんだよね」

問われる。

がさがさ、がさがさ。

音が近づいてくる。

姿が近づいてくる。

あの男が言っていた意味を理解していないんだろうか。

僕に近づいちゃ、いけないのに。

なのに。

「いる、よね？」

窓の外から、顔をのぞきこまれた。

——……どうして。

「……やっぱり、いた」

ため息をつかれる。

でもいつも感じているような、呆れたもの、蔑むものじゃない。

むしろ、安心したような。

……安心？

なんだろう、それ。

どうして僕はそんなことを思ったんだろう。

単語は知っていても、それを見たことなんてなかったはずなのに、どうして。

「ねぇ、…………ひとり、なの？」

さっきと違い、答えを求めている問いをかけられる。

ひどく薄汚れて、ひどく虐げられて、ひどくいたぶられているにもかかわらず。

それでも隠しようがないほど美しい瞳が、僕を見つめた。

「……………っ」

爪を嚙む。

あまりにまぶしくて。

近づいちゃいけない。考えちゃいけない。僕は何もしちゃいけない。

いけない。

のに。

分かっているのに、無視できなかった。

…………。

ゆっくりとうなずく。

ひとり、そう、僕はひとりだ。

とたん。

ふわり。

微笑(ほほえ)みが、かけられた。

いつもかけられている、あざわらう笑顔(えがお)じゃなく。

村人たちのような、見下す笑顔じゃなく。

ひそやかに。

やわらかく。

「私も、ひとりなの。

――――おなじ、だね」

「――――!!」

おなじ。

おなじ、おなじ、おなじ。

おなじだと言った。

僕が初めてこの子を見た瞬間、そう感じたのと同じことを。

本当に？　本当の本当の本当に？

信じられない。
女の子はゆるく笑(え)んで、僕に手をさしだす。
涙で赤くにじんだ目もとが、朱い夕焼けを背にきらめく。
ひびとあかぎれだらけで真っ赤にすりきれた手のひらが見えた。

まるでいつかの〝おかあさん〟が子供にさしだした手のひらみたいに。

「私の名前はアイ。
君の名前が知りたいな」

微笑まれ、体がふるえた。
わけもなく震(ふる)えた。

ごめんね、名前も舌も無いんだ。

「ねえ、マキちゃんは、どうして僕にリセットボタンをくれたの？」

夢——なのか定かではないけれど——の中と同じ質問をしてみた。

「強い願いが、そこにあったからだよ」

答は同じだった。でも、あの時と違って、彼女はこう続けた。

「わたしたちは人の願いがあるから、強い願いがあるから、存在していられるの」

「それってどういう意味？」

「人の願いが、強く願う心がわたしという存在を生んで、生かし続けてるって、そういう意味」

「……神様みたいなもの？」

「ユウトがそう思うのなら、そうかもね」


だからこれは秘密のお話。カミサマだけが知っている、古くて遠い物語。

とても強い願いを抱いた、誰も知らないおとぎ話。

第2章　慣れない他人の手の温もりは

1・夕暮れを見る少年

――あの子は、なんなんだろう。

「おまえのくだんねー人生、俺が蹴(け)ってやってようやく意味ができるんだよ！」

――アイ。そう僕に名のって、僕の名前なんか聞いていた、あの女の子。

「たまには苦しがってみせろよな。おまえって本当、なにもかもつまんねえやつ」

――僕に、名前なんかあるわけないのに。

「しょせんこいつは忌(い)み子なんだから仕方ないんじゃねぇの」

――そう、僕は殴(なぐ)られ蹴られるだけの忌み子。名前なんて無い。

「ああ、まあ――」

村人のこぶしがとんでくる。

「人間じゃない、ただのモノだもんな」

こめかみを強く殴られた。
体が床(ゆか)に叩(たた)きつけられる。

暮れていく日差しに照らされた床に。

ああ、夕暮れが近いんだ。

ふと、あの子を見た通気孔（つうきこう）に目がいく。

もう二度と来るはずもないんだけれど。

だってこの部屋に近寄れば殺される。僕に近づけば殺される。

たくさんの人がそうして殺されていった。

そして、殺されることはきっと、

『本当、怖（こわ）いわ……』

怖い、ことだから。

あの〝おかあさん〟が言っていたように、怖いことだから。

だから、あの子はもうきっと来ない。

あんな出会いは、一度きりだ。

あんなふうに同じだと思えたような出会いは——

がさり。

――あれ？

通気孔の外の草むらが揺れた。

枯草のあいだから銀色が見える。

銀色。

あの子の、髪の色。

――――アイ、だ。

「なによそ見してんだよ！」

「逃げようったってそうはいかないからな」

「どうせおまえは誰からも嫌われてるんだ」

「おまえなんて俺たちに飼われる以外、どこにも居場所なんて無いんだよ！」

強い蹴りが全身を襲う。

右から左へ、左から奥へ。村人たち同士のあいだで蹴り渡される。

……きっとこれを見て、あの子も分かっただろう。

僕は村にとって邪魔なモノで、僕なんかに近づいても良いことは何も無いって。

このあいだに続いて偶然来てしまっただけだとしても、もう来ないはずだ。

薄目を開けて通気孔を見る。

草むらの向こうに、もう銀色は見えなかった。

見えたのは枯草と黄色い太陽だけ。

「外なんか見たって、おまえを助けてくれる奴は世界中どこにもいないっての」

ダン！

顔を蹴られる。

強く強く、爪を噛んだ。

「なんでこいつ、まだ生きてんだろうな。ほんと邪魔」

「はーあ、今日はずいぶん熱くなっちまったな」

「ちょうど暇だったからな。予想以上に長い時間潰れたけど」

「さんざんこいつで遊んだし、もう行こうぜ」

ばらばらと村人たちが帰っていく。

「本当だ、もう夕方だな。空が赤い」

呆(ほう)けた声が聞こえてきた。
……そうか、もう夕方なのか。
空が赤いのか。
見ても無駄(むだ)だ、そう思っているのに見てしまう。
通気孔を。
草むらの向こうを。
赤い空の下を。
——あの子が。

「……大丈夫(だいじょうぶ)？」

また、いた。

また、声をかけてくれた。

また。
会えた。

2．少年と少女

どうしてまた来てくれたんだろう？

胸のあたりが熱い。不思議で不思議でたまらない。

僕の問いを察したのか、それとも別の理由か、女の子――アイが目を伏せた。

「……ごめんね。本当は昼間も一度来たの。お父さんに殴られて苦しくて、ほかにどこに行けば良いのか分からなくて――……」

おとうさん。

それは、あれか。

昨日、この子を殴っていた男か。

本来なら〝おかあさん〟と似ている存在だと思うのに、アイの〝おとうさん〟は、ねこを探しに来た子供の〝おかあさん〟と違って、アイを〝しんぱい〟していなかった。

アイの〝おとうさん〟は、村人たちと似ているみたいだ。

「私、君は私と同じなんじゃないかなって思ったの。私と同じ、一人きりの人間なんじゃないかって。だから君に会いに来たけど、でも――……」

アイが言葉をつかえさせる。

ととのった顔がゆがんだ。

「……ごめんなさい、私なんかより、君のほうがもっと辛いはずだった……！」

きゅ、と、アイが唇を引き結んだ。

辛い？

なんのことだろう。

「村の人たちの話を聞いたの。君は小さいころから、ずっとこの部屋に閉じこめられてるって。村の中でも荒々しい人たちの鬱憤晴らしに使われてるって聞いた。でもまさか、あんなにひどいなんて――……っ」

ぽろり。

大きな瞳から涙がこぼれる。

「ご、ごめん、私が泣いたりしちゃだめだよね。辛いのは君なのに――」

何を言ってるんだろう？

僕は別に辛くなんかない。

何もひどいとは思わない。

僕に分かるのは――

アイが、泣いていること。

その涙を止めたいと思った。

涙の意味なんて分からないし知らない。

でもそれでも、アイの涙を見ていたくない。どうしてだろう？

分からないまま、とにかく拭うものを探す。

僕が持っているものなんてろくにないから、結局服を破った。

古い布きれは思った以上に簡単に破れて。

「どうしたの？　いきなり服を破ったりして――」

さしだす。

鉄格子のすきまから、アイの顔にむかって。

アイが、更に大きく目を見ひらいた。

「――……私、に……――？」

そう。

君の顔を濡らしている、涙のために。

よく分からないけど、その涙を見るのは嫌なんだ。

だから僕は更にさしだす。

アイが僕のさしだした布きれと僕とを交互に、何度も見くらべる。

信じられないみたいな顔で。

……もしかして汚いから嫌なのかな。

そういえば村人の男たちは、僕を汚いと罵る。

ならこの子も同じことを――――

「あ――……っ」

アイの目から、大粒の涙がこぼれだした。

嫌だったのかな。悲しいのかな。

「…………っ」

アイが呼吸をのみこむ。

何度も何度も。

やがて。

「ご、めん……ごめんね……っ」

アイが謝った。

でも何を謝っているのか分からない。

「君のほうが辛いのに、君のほうが苦しいはずなのに。なのに――……っ」

声がふるえている。寒いのかな。

どうして、と、アイが吐きだすようにつぶやく。

「どうして君は私なんかに優しくしてくれるの――……!?」

なんのことだろう。

僕はただ、涙をぬぐいたかっただけだ。

アイが僕の渡した布きれを抱きしめる。涙を流して抱きしめる。

強く、強く、強く。

縋りつくように、強く。

「今まで私の涙なんて、みんな……無視してきたのに。なのにどうして私よりひどい目に遭ってる君が私に優しくしてくれるの……っ？」

優しい？

さっきからそれ、どういう意味なのかな。

「──────！」

首をかしげた僕に、アイが息を呑んだ。

「そんなことも……知らないの？　そんな言葉さえ聞かずに生きてきたの……？」

細い声でアイは言う。

アイが何に驚いているのか僕には分からなくて、ただ訳も分からずアイを見た。

「単語さえ知らないくらい、優しさとは無縁に生きてきて、それなのに──……っ」

また、アイが布きれを握りしめた。

破れちゃわないかな。

それよりも涙を拭いてくれればいいのに。

アイが。

すこしでも涙を止められたらいいのに。

「――――……っ」

ぽろぽろとアイが涙を流す。

僕の想いに反して。

「……あの、ね」

でも泣きながら、アイは微笑んだ。

あれ？

痛いんじゃないの？　哀しいんじゃないの？　辛いんじゃないの？

……涙は、苦しいときだけに流すものじゃないの？

「お願いがあるの」

アイが言う。

涙に濡れた瞳をやわらかく緩ませた。

「私と、友達になってくれるかな？」

ともだち？　なんだろう、それ。

僕の不思議そうな顔に気づいたのか、アイがゆっくりと告げる。

「毎日これくらいの時間にここに通ってきてもいい？　君と、話してもいい？　君の――」

アイが、僕を見つめる。

「君の、そばに居てもいい？」

そばに？

よく分からない。それがどういうことなのか。

どう、なるのか。

分からないけど、うなずいた。

「本当？　いいの？」

アイが顔をほころばせる。

「私ね、友達って初めてなの。どこにいってもこの痣のせいで遠巻きにされるし、あのお父さんの子供だってことで嫌われたりもするし……。だから凄く嬉しい。ありがとうね」

なにが嬉しいんだろう？　よく分からない。

でも涙を見ると嫌な気分になるように、この子が笑っているのを見るのは良い気持ちだ。

「私にどんなお返しができるかな。ねぇ、君が私にしてほしいことってある？　外に出してあげることはできないし――……」

アイが何かを考えている。僕にはよく分からないことを言いながら。

「――そうだ！　私、君に教えることはできるよ。お父さんは旅芸人って名のって、いろんな場所を旅してきたから、言葉だけじゃなく、外の世界のことも。どう？」

きらきらとした目でアイが言うから、僕はあやふやにうなずく。

外の世界、っていうのが何を表しているのか分からないまま。

アイが「良かったぁ」と笑みを浮かべた。

「じゃあ私、これから毎日これくらいの夕暮れに来て、君にいろんなことを教えるね。二人だけの秘密、私と君との約束だよ？」

嬉しそうなアイ。楽しそうなアイ。

この子が何を考えているのか、僕にはよく分からない。

どうして【忌み子】の僕なんかのところに来てくれるのか。

でも。

おなじだと思った。この子と僕とはおなじ存在なのだと思った。

だから分からなくても、いい。

来てくれるっていうんなら、それだけで。

「これから、楽しみだね」

嬉しそうなアイ。楽しそうなアイ。

何かを感じるなんて、何かを求めるなんて、僕に許されるはずないのに、それでも。

それでもアイが来てくれるというだけで、寒さがやわらぐような気がする。

3・鉄格子ごしの二人

夕暮れが楽しみになった。

「……お前、なんか最近むかつくんだよな……」

ガッ！

「前は無表情か、俺らがこいつを殴ってる時の顔を真似するだけだったのにな」

「なんかこのごろ、普通に笑ってるように見える時あるもんな」

蹴られる。殴られる。踏まれる。

いつもとおなじ、おしおきの時間。

いつもとおなじ、くりかえされる日常。

――――でも。

おしおきが終わって、夕暮れが来れば。

赤い色が部屋を染めれば。

そうすればあの子が来てくれる。

アイが、来てくれる。

夕暮れが、楽しみになった。

茜色（あかねいろ）の夕日が草むらを染める。

アカネ、という色の名前もアイに教えてもらった。

がさがさ、がさがさ。

草むらを揺らして、アイが近づいてくる。

「――ごめんね、遅（おそ）くなって」

遅くなんかないのに、アイはいつもそう言う。

僕が首を横に振（ふ）ると、アイはひどく安心したように息を吐（つ）く。

最初のころ、アイのため息が不思議で何度も首をひねっていたら、アイが自分のしぐさに気づいて教えてくれた。

遅くなくても、アイの〝おとうさん〟は「遅い！」と言ってアイを打（ぶ）つから、打たれないことに安心してしまうんだそうだ。

あんしん。

それがどういうものかよく分からなかったけど、今は少し分かる。

アイにとっては、〝おとうさん〟の傍じゃなく僕のところにいること。

僕にとっては、アイが来てくれること。

きっとこれが、安心。ほっとするっていう気持ち。

アイが通気孔の前に座りこみ、「昨日は外の世界があるってことまで話したよね」と言う。

アイの膝から血がでているのは、〝おとうさん〟に張り飛ばされてできた傷だろう。

僕も似た傷をよくつくるから分かる。

おなじようにアイも、僕の顔の痣が、腫れあがった瞼が、変な方向に曲がった指が、痛めつけられたものだと気づいているだろう。

口には出さない。でもお互い、心の中で思っているはず。

痛そうだね。痛そうだよ。

傷を見せあうみたいに、舐めあうみたいに、僕たちは毎日会う。

会って、そして僕はアイの話を聞く。

「ここが村ってことは分かったよね？　村の外には荒野が広がってて、ここと同じような村がいくつか離ればなれにあるんだ」

僕が知っているのはこの部屋と、通気孔の前の草むらだけだった。

村っていう響きや村長っていう響き。村人って言葉は知っていたのに、それが人が集まって生活している場所のことを言うなんて知らなかった。よく理解していなかった。

「外にはいろんな人、いろんな村があるんだよ。この村は小さいほう」

閉じこめられた世界じゃなく、無限に広がっているという荒野。

僕におしおきをする村人や遠巻きにする人々だけじゃない、アイのようないろんな人間。

言葉の意味や世界の広さ、人が集まってつくる〝社会〟、いろんな人の感情。

そんなアイから教わったものと、これまで部屋で溜めてきた知識や言葉が、僕の中で繋がりはじめていた。

感じちゃいけない。考えちゃいけない。そんなことを思う時間もないほど急速に。

アイが続ける。

「で、村がいくつもあるわけなんだけど、全部の村の中心にあるのが【都市】っていうところなの。聞いたことある？――無いか、そうだよね」

都市。

たくさんの村の中心か。想像がつかない。

「ここみたいな村とは違う、すごく大きくて綺麗で便利なところなんだって。――って言っても、私も行ったことないんだけどね」

父親（〝おとうさん〟とは、男の親、父親のことなのだと教わった。親というものを理解するのに一番時間がかかった）と一緒にたくさんの場所をまわっているアイでさえ行ったことがないのか。意外だ。

「お父さんは一応、旅芸人っていう立場だからね。珍しがってくれるのは、こういう辺境の村の人たちなの。都市になんか行けるわけない。……この村の人たちも、そろそろお父さんが何の芸もしないことを怪しんでるし、いい加減追い出されそうだけど……」

なんの芸もできないのに旅芸人って名のれるものなんだ？

僕の疑問に気づいたわけではないんだろう。アイが独り言のように言う。

「旅芸人って言えば、村の人たちは食べ物やお酒を無料でふるまってくれるの。珍しいから。お父さんはそういう村の人の善意に乗っかって、今日は調子が悪いから芸ができないとか言って先延ばしにして食べて、飲んで、遊んで、それで怪しまれて追い出される、くりかえし。だから私も、いつもどこの村でも息苦しい……」

よく分からないけど、アイの父親がアイにとって嫌な存在なんだってことは分かった。

「私に居場所がないのはお父さんのせい。なのにお父さんのそばにも居場所がないの。……私に、味方なんて一人も――……」

ぎゅ、とアイが何かをにぎりしめる。

僕が以前にあげた布きれだ。

アイは布きれを自分の服でつくった袋のなかに入れて、持ち歩いている。

どうしてそんなことをするのか分からないけど、アイいわく、それを握ると安心するらしい。泣けるくらいに。

僕はアイに泣いてほしいとは思わないのに、アイは泣きたいのかな。

布を握りしめていたアイが、ちいさく息を吐いて笑顔に戻る。

「話、続けるね。えっと、都市では木よりももっと高い建物がたくさんあって、馬車より速く走れる車があって、遠くにいる人と会話ができたり、すぐに連絡をとれる機械もあって、他にもたくさん、村にはないものがあるらしいよ。すごいよね」

アイがすごいっていうなら、すごいんだろう。

「そうだ、【災厄】の前には、都市がたくさんあったんだよ」

災厄ってなんだろう。

アイが目を瞬かせた。

「災厄のこと、知らないの？」

こくり。

うなずいた僕に、アイは「私も詳しくはないけど」と語りだす。

「今から百年以上前、すごい混乱が世界中を襲ったんだって。お金が溢れたり、人間が巨大化したり、洪水が起きたり、天使がやってきたり。世界の終わりみたいになったらしいよ。どうにか一つの船だけが生き残ったの。それが今の都市の元。船に乗ってたのが、今の都市の市民」

市民。初めて聞く名前だ。

アイが先んじて「聞いたことないよね」と言ってくれる。

「市民は都市で暮らしてる人たちなんだけど、一般市民と軍人と官僚とがいるんだ。官僚が世界を治め

てて、軍人が官僚の言うとおりに市民や村を取り締まってるの」

官僚。軍人。

今日は新しい単語ばかりだ。

「私はね、前にいた村で都市から視察に来た軍人さんの話を聞いたの。銃っていうのも見せてもらったよ。なんか怖かった」

アイでも知らないことがあるんだ？

なんだか意外だ。

僕がアイに教えてもらっているみたいに、アイも誰かに教わることがあるなんて。

「軍人さんによると、世界中が今みたいな荒野ばっかりになったのは災厄のせいなんだって。荒野での暮らしは、都市の人間には考えられないくらいにゲンシテキでヒブンメイテキだって、その軍人さんは言ってたな。暑さも寒さもなくて、水は無限に出てきて、飢えることもない暗闇もない暮らしなんて、想像できないよね」

たしかに想像できない。

夜は暗いものだし、昼は暑く、夜は寒いものだ。

「あ、でも」

アイがふと何かに気づく。

「この村、私が見た村のなかでも特に小さい村なのに、水や食べ物に困ってる感じはないよね。すごく不思議」

……そうなんだ？

「ほかの村では、水は地面を深く掘って井戸をつくるの。それでも泥水しか出ないところもたくさんあるし、どこも水はすごく貴重なんだよ」

知らなかった。

村で水が足りないなんて話は聞いたことがない。

むしろ、忌み子の僕にさえかけられるほど水は余っている。

「そんなに意外？　だって村のまわりはずっと石と砂だけの荒野なんだよ。となりの村まで歩いて七日はかかるけど、そのあいだずっと荒野しかないの。湖も井戸もなかったよ」

歩いて七日？

信じられない距離だ。

僕の部屋は一周しても、きっと一分かからない。

……アイはそんな距離を歩いてきたんだろうか。本当に？

「もしかして疑ってる？　本当だよ、実際に歩いたもの。喉が渇いて死にそうだった。……お父さんは私には滅多に水をくれなかったし……」

アイの表情がくもる。

アイは血がこびりついた唇をきゅ、と噛んだ。

「……私がね、悪いの。私が悪い子だから。私は生きてちゃいけないから」

自分に言いきかせるようにアイは言う。

「私が悪い子だからお父さんに毎日殴られるの。きっとすごく重い【罪】があって、【許されない存在】で、お父さんにとって【忌み子】だから」

罪。許されない存在。忌み子。

聞き覚えのある言葉たちをアイは並べる。

「だからね、毎日私を殴らなきゃいけないお父さんのほうが可哀想なの。殴るのも疲れるって言ってた。早く死ねばいいのに、って。なんでまだ生きてるんだ、って」

早く死ねばいいのに。

なんでまだ生きてるんだ。

——ああ。

おなじだ。

やっぱり僕とアイはおなじだ。

「私がいるとお父さんに迷惑だから、早く死ななきゃいけないの」

でも、と、アイは続けた。

急にアイの声が和(やわ)らいだので、驚いて視線を上げる。

アイが静かに僕を見ていた。

「でも――……君に会えたから」

？

どういうことだろう。

「私ね、早く死ななきゃってずっと思ってた。

死ぬくらいしか希望が無かった。

毎日毎日いたぶられて痛みも感じなくなって、心が磨(す)り減っていくのを見ないふりして

死ねばもうこの苦しみから解放されるんだって思って

死ぬことだけを夢見てたけど――

……私と同じ君がいたから、死ななくて良かったなって今は思うの」

いまは一人じゃないから。

布袋がくしゃりとつぶれる。

アイが手をにぎりしめているのだと気づいた。
ああ。
瞳に。
アイの瞳に、涙がにじんでいる。
痛いのだろうか。辛いのだろうか。苦しいのだろうか。
それとも、それとも、それとも。
それとも他のなにか、僕の想像もつかない感情なのだろうか。

ありがとうね、と、アイが小さくささやく。
声にならないほどかすかな声で。
アイが声をふるわせている理由が分からなくて、僕はもどかしくなる。
今日、折られた指の骨だって痛いとは思わない。
昨日、蹴られた背中だって痛いとは思わない。
明日、えぐられるかもしれない目玉だって、きっと痛くはないだろう。
けれど、けれど、けれど。

アイが痛そうなのは、痛い。

痛い。

苦しい。

辛い。

……痛いんだ。

胸の奥が痛い。

あばらよりももっと奥。腹よりももっと上にあるものが。

熱くて、痛い。

「ねぇ」

アイがやわらかい声で言う。

「そろそろ教えて。君の名前。君を名前で呼びたいの。そして――」

アイが微笑む。

「……できれば、私の名前も呼んでほしいな」

呼吸が止まる。

頭に、ずいぶんと前に見た景色が浮かんだ。
今と同じような赤い夕景のなか。
しっかりと手を繋ぎあう二人。

『……おかあさんのおてて、あたたかいね』
『繋いでるからよ。それに、あなたのことが大好きだから』

あんなふうに、お互いを繋ぎとめることができたなら。
それは。
なんて。
なんて、────なことだろう。
どう表現すれば良いのか分からないけど、何か、すごく何かな気がする。
名前、そうか、名前か。
……アイは、アイだ。
アイ、と、呼びかけることが僕にできたならと思う。
でも、それはできない。
唇を噛んで、僕はふるふると首を横に振る。

アイが悲しげに目を伏せた。

「やっぱり、まだ私のことが信用できない？」

違う、そうじゃないんだ。

「違うなら、どうして？　どうして教えてくれないの？」

どうして？　答えは簡単だ。

だって僕には名前なんて無い。

「……名前、あるよね？」

不審に思ったアイが尋ねた。

ない。

その意思を示して、僕は首を横に振る。

ふるふるふる。

「――――？」

アイが眉をひそめた。

「名前……無いの？」

まさか、と言いたげな声音。

でもそれが真実だ。

こくり。

僕はうなずく。

アイの目が大きく見ひらかれた。

「本当に？　そんな――……」

言いかけてアイは言葉を止める。

僕が村で何と呼ばれているか思い出したのだろう。

そう、僕は村人たちにいつも「あれ」とか「モノ」とか呼ばれている。

生まれついたときから【忌み子】【鬼の子】としてこの身に余る罰を受けて。

殴られ蹴られるだけの日々に、名前を呼んでくれる人なんているはずもなくて。

「――なら」

アイが何かを決心したようにごくりと喉を鳴らした。

どうしたんだろう。

まっすぐなまなざしが僕を射抜いた。

「私が、君の名前を決めても良い？」

名前？

名前を決めるって、どういうことだろう。

アイが怯えをにじませて僕を見た。

「……私じゃ、嫌かな？」

そんなことはない。

僕がアイのなにかを嫌がるなんてありえない。

だってアイは僕にとって初めての同じ存在なのだ。

僕の否定に、アイはぱっと笑顔になる。

「良かった！　じゃあ、私から君への初めての贈り物だね」

贈り物？

なんだかおかしい。

その響きに、僕の胸のあたりがざわざわと騒ぎ出す。

少しも嫌な感じじゃない。

むしろ、なにか、良い感じだ。

「どんな名前がいいかなぁ……」

アイは真剣に僕の顔をながめる。

右から、左から、上から、下から。

いろんな方向から僕を見て、頭を捻る。

なにを考えているんだろう。

思っていた僕に、「――決めた」と明るい声が届く。


「君の名前は、リク。

私がずっと旅してきて、ずっとずっと続いていく陸からとって、リク」


――リク？


「陸なら、どこまで行っても、いつまでも一緒だから。……どうかな、気に入った？　ね、言ってみて。

これからリクが、君の名前だよ」

僕の、名前？

「名前はね、大切な新しい家族に贈るものなんだって。――リク、私の本当の家族になってくれる？……

…なって、欲しいな」

できるなら。

そう、明るい声とうらはらに寂しげな瞳でアイは言う。


――なりたい。

なりたい、なりたい、なりたい。

アイの家族になりたい。


頭に夕焼けのなかの親子がよみがえる。

しっかりと手を繋いで、大好きだと言いあっていた親子。

大好きよ、家族だもの。

そうあの母親は言っていた。

それが叶うなら。

僕はアイの家族になりたい。

あんなふうな、家族になりたい。


そう伝えたくて、僕は必死に首をたてに振る。

一瞬、驚いた顔をしたアイが、ちいさく笑った。

「いいの？　本当に？」

本当だ。嘘なんかじゃない。

「リクって名前、嫌じゃない？」

アイがくれたものを嫌がるわけがない。

リク。

それが僕の名前。

アイが僕のために考えてくれた、僕の名前。

思っただけで、よく分からないものがお腹の中からこみあげてくる。

僕はリクだ。

忌み子でも鬼の子でも、ましてやモノでもない。

リクだ。


僕は、リクなんだ。


「――――……っ」

衝動がこみあげて、目じりに熱いものが触れる。

いったい、なんだ？

これはなんだ？

「……泣いてるの？」

アイが気遣わしげに問うた。

泣いている？

誰が？　僕が？

信じられない。

泣くって、なんだったっけ？

涙を流すこと？

言われてみれば、たしかに僕の目から水が流れている。

これが涙なのか。

これが涙を流すっていうことなのか。

泣くっていう。

でも、どうして。

「……リクは今日、生まれたんだね」

僕にも原因が分からないのに、アイは何もかも察したように微笑んだ。

綺麗だった。

この世の何よりも綺麗だった。

「ねぇリク、約束だよ。私の名前、呼んでみて」

アイが僕に呼びかける。

ついたばかりの僕の名で呼びかける。

おなじように呼びたい。僕もアイの名前を呼びたい。

……呼びたい。

二人で、お互いの名を呼びあいたい。

でも僕には舌がないんだ。

そう伝えたくて口を指さす。

伝わったのか、アイは不思議そうな顔をした。

「声が出せないの？」

違う、ないのは舌だ。

だから喋(しゃべ)れない。

「……舌？」

そう、それ。それが僕にはない。

首を何度も振ってうなずくと。

――――アイが、また笑った。

「変なリク。リクは舌、あるじゃない」

アイの指がのびる。

鉄格子のすきまを縫（ぬ）って、僕の唇に届く。

ゆるく開いた、僕の口の中に。

ふわり。

やわらかい指先が、僕の舌にふれた。

「リクは喋れるよ。気付いてないだけ。――――試してみて」

え？

……あ？

あ、あ、ああああああ――――

「――――あ、い…………？」

ほら、呼んでくれた。

アイが嬉しそうに微笑んだ。

4・少年にとっての少女、少女にとっての少年

夕暮れが近くなると、そわそわしはじめる。
今日もアイは来るだろう。
でも最近、楽しみになるだけじゃなくなった。
もしアイが来なかったらどうしよう?
アイがいない夜の時間、朝の時間、そしておしおきの時間。
僕はずっとそんなことを考える。
特に、夕暮れが始まってもアイがなかなか来ない、今日みたいな日は。
――アイは、来ないのかな。
もう、来ないのかな。
「……ア、イ」
呼んでみる。
だしなれていない声を、だしてみて。
「――アイ」
声にだして、呼んでみる。

呼べば呼ぶほど、胸の奥が締め付けられるような気がする。

どれだけ蹴られても殴られても、こんな感じはしたことがないのに。

アイの名前を声に出すだけで、苦しくなる。

この気持ちはなんなんだろう。

声が出せるようになってから、アイにずっと聞きたかったことを聞いたことがあった。

『やさじい、って、なに？』

『やさじい？　ああ、優しい？――うーん、親切とか、人に優しくしてくれる……あっ、だめだね。……なんて言えばいいのかな……』

しばらく迷ったあと、アイは『そうだ！』と目を輝（かがや）かせて言った。

『私にとって、リクみたいな人のことだよ。自分のことより、他の人のことを考えられる人。思いやりがあるってこと』

『おも……？』

思いやり、っていうのが、よく分からなかった。

『痛そうな人に声をかけてくれたり、治そうとしてくれたり。困ってる人を助けてくれたり。そういうのを、優しいっていうの』

『……？　な、ら、……アイ、が、やさしい』

『――!!』

アイが優しい。僕にとって優しい人はアイだ。

そう思って言ったら、アイは目を見ひらいて。

やがて、困ったみたいに笑った。

『私は……優しくなんかないよ。汚いし、醜い。優しいじゃないの。……寂しいだけ』

さみしい。

優しいと寂しいの気持ち。僕にはよく分からなかった。

でも、今が。

もしアイが来てくれないんじゃないかと手足が震えそうになる今が、〝さみしい〟なら。

「――――ごめん、リク、待ったよね――――……！」

アイだった。

いつもよりひどい傷を負ったアイが、通気孔の前に駆けこんできた。

「ア、イ――……」

来てくれた。来てくれた。来てくれた。

良かった、来てくれた。

アイが血の痕ののこる唇で笑む。

「ごめんね、遅くなっちゃって。でも約束通り、ちゃんと毎日来るから待っててね」

アイだ。

優しい、アイだ。

「…………っ」

怖い、と。

はじめて思った。

かつて子供の〝おかあさん〟が言っていたことば。

殺されたくない、なんて、そんな気持ちは分からないけど。

――アイがいなくなるのが、怖い。

アイが来てくれなくなるのが、怖い。

アイを失うのが、怖い。

…………怖い。

「――どうしたの？」

アイが微笑みかけた。

でも僕はこの怖さをどう伝えていいのか分からない。

恐怖(きょうふ)に怯えた目でアイを見る。

アイがハッと息を呑んだ。

「……何が怖いの？　何か怖いものがあるの？」

！　どうして分かったんだ？

「驚かないで。分かるよ。私もいつも、お父さんに怯えてるから。——……リクがいなくなることにも、毎日怯えてるから」

え？

アイが言いつのる。

「不思議？　それとも変かな？　でもね、私、最近思うんだ。私が楽に呼吸できる場所は今はここしかないいから。リクの傍しかないから。お父さんの見ているところだと怖くて息苦しくて、だからって誰も知り合いのいない場所は寒くて、誰にも愛されてない自分を思うと凍えそうになる。だから——」

だから、とアイがつぶやく。

「私にとって唯一の居場所をくれたリクがいなくなるのが、今は一番怖いの」

アイが僕と同じことを思っている？　本当に？

アイがごまかすように目をそらす。

「変だよね、こんなこと言うの。リクはここに居て私は毎日会いに来てるのに、どうして会うほど怖くなるんだろうね。会ってる時だって心のどこかでリクがいなくなることを想像して怖くなって。——……本当、怯えすぎだよね」

情けなさを隠すような苦笑。

でもアイの指が小刻みに震えているのが見えた。

「………っ」

ぎゅ、と唇を噛みしめ、アイに目線を送る。

「わかる、よ」

「……わかって、くれるの？　変じゃない？」

変じゃない。変なんかであるもんか。

それを示すために、僕もアイを失うことを想像しただけで震える手をみせる。

アイが瞳を見ひらいた。

「リクも、同じなの――？」

そうだ。

君と同じだ。

「……そう、なんだ……！」

アイがぐっと手をにぎりしめる。

震えていた手を押さえて、にぎりしめる。

強く、強く、強く。

縋るように、祈るように。

「私たち……本当に同じなんだね……」

アイの瞳が緩く揺れた。

薄く膜を張ったような、きれいなアイの瞳。

その涙の意味が、この胸に迫る熱いものと同じだといい。

でもだからってアイに泣いていてほしいわけじゃない。

どうしてか分からないけど、アイの涙は苦手だ。

アイといると、たくさんのふしぎな気持ちがあふれてくる。

僕が伸ばした手に、アイが小さく笑んだ。

「……リクはいつも私の涙を止めてくれようとするんだね。……本当に、いつも」

やわらかい声。悲しいわけじゃないんだと分かる。

「ねぇ、約束するよ。私は絶対にリクから離れない。毎日、リクのところに通ってくる。リクがどんな立場になっても、必ずリクの味方をする。たとえ殺されるかもしれなくても、毎日」

なんだって？

――そうだ。そういえば僕に近づけば殺されるかもしれないんだ。

急に焦りが湧いてくる。

そんな僕の気持ちを知らずにアイが続けた。

「だからリクも約束して？　私の前からいなくならないって。何があっても、どんなことがあっても、いつだって私の味方になってくれるって。私のそばに、いてくれるって――」

切実な響きの声でアイは言う。

そんなこと祈らなくてもいいのに。僕がアイから離れる理由なんてないのに。

アイが微笑む。

「なんて、ね。ごめんね、本当は私が怖いだけなのに」

アイの細い腕(うで)が、痣のついた足をかばった。

「本当はね、約束なんていらないの。だって私はリクの傍以外、どこにも居場所なんて無いんだから。私がリクから離れることなんてないの」

聞こえないくらいの小さな声で、そっとつぶやく。

「――……私が、離れられないの」

一人だと告げるアイのうつむいた顔。

父親にうけたという暴力の痕。

そんなアイが僕の前からいなくなるとしたら、いつだろう。

……僕に近づいたせいで、アイが殺された時？

アイは構わないという。

アイは殺されるかもしれなくても来てくれるという。

でも、でも、でも。

――僕は、すべてが怖い。

アイを、喪(うしな)いたくない。

失うことが怖いなんて、知らなかった。

もしかしたら。

『本当、怖いわ……』

あの〝おかあさん〟も、今の僕と同じ気持ちだったのかもしれない。

たったひとりの存在を失うことが、怖かったのかもしれない。

初めて、そう思った。

思った。

罪なんて、思い出すことさえもせずに。

5．名前を持った少年

アイが来ない昼間の時間。

いつもと同じ【おしおき】の時間。

今日も男たちは部屋にやってきて僕を殴る。

鈍い音とともに腹を蹴られた。

「まったく……ちょっと俺達が忙しくて来なかったからって調子に乗ってんのか？」

「本当だぜ。何を思ったのか部屋のなかで運動なんかしやがって」

たしかに男たちが来ないあいだ、かるい運動を始めていた。

アイに心配されたからだ。

部屋の中を歩いたり走ったりするくらいだけど、骨と皮だけだった僕の足に薄く筋肉がつく程度にはなったらしい。

「お前は何も考えず一歩も動かず殴られるだけの人形でいいんだよ!!」

――バキン!!

変に軽い音。

膝を逆方向に曲げられ、骨が折れた音だ。

「………っ」

何も考えず、一歩も動かず、殴られるだけの人形。

何も。

感じちゃ、いけない。

「……なんだよその顔。一人前に不満だってのか？」

男の一人が呟く。

「これまで何やってもろくに反応しなかったのに、なんなんだよな」

「それを言うなら、運動なんて始めたのもおかしいぜ。こいつに出て行く場所なんてない、運動なんかする必要ないのに、なんでまた」

「反抗期ってか？　はっ、笑わせる」

鼻で笑った男が、手にしていた煙草の火を僕の首筋に押しあてる。

肉が焦げる臭いがあたりにたちこめた。

「くっそ、なんかむかつく面だよな。沈めてぇわ」

「地下の貯水池とかに？　はは、よせよ、水がまずくなる」

笑って言った男に、ほかの男が「おい！」と顔色を変えた。

「貯水池のことは口にするなよ」

急に真剣な顔で言う男に、言われた男は笑いを返す。

「なに心配してんだよ。こいつが他のやつに喋るとでも思うのか？」

「そうだよ、神経質すぎるぜ。どうせこいつは俺らの教育のおかげで喋れない」

「第一、喋る相手がいないだろ。なにせ――」

男たちが喉の奥で笑う。

「――こいつは、名前もない忌み子なんだから」

カッ、と目の前が赤くなった。

「……ち、がう――……」

ふるえる声で、言う。

男たちがぎょっと顔色を変えるのが見えた。

ありえないものを見る目つき。

「こいつ、今――」

「嘘だろ。聞きまちがいじゃ」

口々に言う彼ら。かまわずに繰り返した。

「……ちがう」

踏まれたまま、僕は男たちの視線を跳(は)ね返す。

「っ!?」

ざわり。

今度こそ、男たちの顔つきが変わった。

だが気にしない。

僕は名前もない忌み子なんかじゃない。

僕は――

「――僕は、リクだ……っ」

アイが名づけてくれたのだ。

名前が無いなんて、言われたくなかった。

「――はあ?」

男の一人が、大きく首をかしげた。

「今こいつ、何て言った？……リク？」

もう一人の男がうなずく。

「名前のつもりか？　まさか」

「名前ぇ？」

村人たちが顔を見合わせる。

直後。

「はははははは!!」

爆笑(ばくしょう)が部屋をつつんだ。

「あっりえねー！　なにそれ、めちゃくちゃ笑える」

「忌み子のくせに名前とか、ばっかじゃねえの!?」

「何が〝僕はリクだ〟だよな。お前に名前なんかあるわけないっての！」

「なに本気で反抗してんだよな。閉じこめられて飼われてるやつがさー」

げらげらげら。

笑いが止まらない。

あきらかに見下した態度に、指先が震えた。

反抗？

——そうか、僕は初めて、反抗したんだ。

「どうする？　こいつ、もっと痛めつけちゃう？」

「まぁ声が出せるようになったらなったで、もっと服従を叩きこむか」

「あっ、俺、あれ言わせて〜。僕は生きる価値のない屑虫（くずむし）です、とか」

「僕はリクです、じゃなく、僕は屑虫です、か！　はは、それいいな」

……怖い。

手足が震える。

圧倒的（あっとう）に有利なことを確信している村人たち。

いつだって僕を支配してきた村人たち。

彼らの言うとおり、僕は何もしちゃいけない。

駄目だ駄目だ駄目だ。

なにもかも、駄目なはずだ。

でも。

「それにしても、なんで舌がないって教育してやったのに喋ったんだろうな」

「俺らの真似がしたくなっちゃったのぉ？　なんだっけ、死ぬ苦しむの、死苦ちゃん？」

「やめてやれよー、いくら早く死んでほしいからってさ。あれだろ、リク……リクズ、君」

「ぎゃはははは、おまえもひっでー!!」

「じゃあ今日から忌み子はクズ君ってことでぇ？」

「そりゃ自己紹介してもらわなきゃな！」

「言えよ、リクズ君。僕はクズですって、さっきみたいに繰り返せ」

「………っ」

何も考えちゃいけない。何も願っちゃいけない。

分かってるけど、でも。

でも、この名前は。

このリクっていう名前だけは。

『君の名前は、リク』

『陸なら、どこまで行っても、いつまでも一緒だから』

穢されたく、ない。

「――……僕は、リクだ……っ」

「な――……っ」

男たちの顔から、笑みが徐々に引いていく。

「こいつ、正気か……？」

「本気で俺らに逆らう気なのか？　狂ったのか？」

笑いごとじゃない。

そんな空気が部屋のなかに充満していく。

「……今なら許してやるぞ。今からでも、自分はクズだって言いなおせ」

男の声がひびく。

脅すことを目的にした声。

でも、僕は。

「………それでも、リクだ……――!!」

忌み子でも、モノでも、クズでもなく。

リクなんだ。

「なんでお前が喋れるんだよ!!」

ガン!

「しかも名前だと!?　ふざけんじゃねえっ」

ごきゅんっ。

「お前のせいで俺達はこんな暮らしをしてんだぞ!」

いつもより数倍の力。数倍の勢い。

容赦(ようしゃ)ない暴力がふるわれる。

「違う?　名前?　馬鹿(ばか)言うな――」

「自分の立場をわきまえろ!!」

「お前は!　黙(だま)って!　俺達に殴られてれば!　いいんだよ!!」

「誰に入れ知恵(ぢえ)されやがった!?　吐きやがれっ」

「馬鹿言うな、こんな忌み子に近づく奴なんているわけないだろ。こいつは俺たちの真似をしたんだ、きっと。……こいつの舌、本気で抜いてやる!!」

「殴られるしか役に立たない奴が逆らってんな!」

「忌み子のくせに人間みたいな口ききやがって——……っ」

殴られる殴られる殴られる殴られる殴られる殴られる殴られる。

何も見えないくらいに殴られる。

でも、でも、それでも。

「ぼ、くは、リク、だ——！」

こういうのを意地っていうんだろう。

今。

どうしても今、言わなきゃ駄目だと思った。

この後どうなるんだとしても。

どうなったとしても。

「僕は、リクなんだ……っ」

何度も何度も叫ぶ。

なれない喉をふるわせて、叫ぶ。

叫ぶ叫ぶ叫ぶ叫ぶ。

——告げる。

僕を殴ってきた村人たちに、僕から、告げる。

アイに与えてもらっただけでなく。

僕自身で、リクになる、ために。

僕が僕になるために。

手に入れる、ために。

きっと今、必要なんだ。

「ふざけんな――――!!」

だんっ。

横に立っていた男が、僕の上にまたがっていた男を張り飛ばした。


「忌み子の分際で俺達に話しかけるだと!?

忌み子の分際で俺達に反抗するだと!?

忌み子の分際で俺達に主張するだと!?」


パチン。

男が手に持っていた木の柄(つか)から、銀色に輝くものが飛び出した。

なんだ、あれ。

「おい、あれ――」

「ナイフ?　やばくないか、それ」

まわりにいる男たちの囁きが、目の前の男には聞こえていないみたいだ。

目を充血させ僕をにらみすえる。

「ふざけんな！　ふざけんな！　ふざけんな!!　お前にそんな権利はないだろ！　俺達に殴られて蹴られて血を流すだけの飼い犬だろ!!　だってお前は忌み子なんだから!!」

ざくっ、ざくっ、ざくっ。

鋭い金属が、僕の両腕を、頬を、肩を刺す。

なんだこれは。もしかしてこれが刃物なのか。

ざくっ、ざくっ、ざくっ、ざくっ、ざくっ、ざくっ、ざくっ、ざくっ。

肉が裂かれ、骨に刃が当たる。

信じられないくらい大量の血が傷口からあふれ出した。

「あ、あ……？」

危ない。

これまでの殴打の比じゃない危機感に襲われる。

痛みじゃない。

熱も刃が肉を貫通する感触もあるけれど、それよりも。

――――だめだ。

よく分からないけど、だめだ。

「殺してやる、お前なんか殺してやる。俺達に反抗するなんて許せねぇ、殺してやる殺してやる殺してやる殺してやる殺してやる」

そうか、死だ。

このままじゃ死ぬんだ。

「よせ、やめろ！」

「正気か、お前っ？　こいつを殺したらどうなると——」

床を濡らす血の量に男たちが慌(あわ)てふためく。

——死にたくない。

初めて、そう思った。

『私ね、早く死ななきゃってずっと思ってた。

死ぬくらいしか希望が無かった。

毎日毎日いたぶられて痛みも感じなくなって、心が磨り減っていくのを見ないふりして

死ねばもうこの苦しみから解放されるんだって思って

死ぬことだけを夢見てたけど——

……私と同じ君がいたから、死ななくて良かったなって今は思うの』

アイの言葉がよみがえる。
今ならアイの言っていた意味が少し分かるかもしれない。
せめて早く死にたいと思ったこともあった。
やがて生かされていると気づき、死ぬことさえ期待してはいけないと知った。

でも今は。

今はアイがいるから。アイを残しては死ねない。
たった一人だったアイを、また一人にはできない。
やっとアイを見つけたのに。
やっとアイに見つけられたのに。
――――やっと、二人になれたのに。

流れていく血。
冷たくなっていく手足。

朦朧としてくる視界。

死が近づいてくる。忍び寄ってくる。

ざくざくざくざく。

いまだに刃は止まらない。

暗闇に侵される意識のなか、いるはずのない女の声が聞こえた。

人なんていない、天井の穴から。

『――――その手を止めさせな。

そいつを殺すことは我々への裏切り、契約違反だよ』

低い声で女は言う。

『【都市】との、ね――――』

第3章「一緒に帰ろう」

「だから言ったでしょ。願いを叶えてあげるからマキちゃんを探しに来てって」

暗闇を背景に空中に座るマキちゃんが笑顔で告げた。

また、マキちゃんの夢だ。

これでもう……八度目？

「もう！　夢じゃないってば。マキちゃんはね、キミの遺伝子に話しかけてるんだよ」

遺伝子？　なんのことだろう。マキちゃんの言葉はいつも意味不明だ。

「マキちゃんが願いを叶えるのは ××× の ×× だけだからね。世界中の人たちの遺伝子を走査して見つけてこうして話しかけてるの。すごいでしょ？」

そう言われても、すごいのかどうなのか、僕には分からない。

なにより雑音が入ったようにマキちゃんの声の一部が聞こえない。

前にも同じようなことがあった気がする。

もしかしてマキちゃんも僕をモノ扱いしているんだろうか？　だとしたら言わなければ。

僕は――

「リク、でしょ？」

「！」

「いい名前だね」

マキちゃんが笑う。無邪気(むじゃき)に笑う。

どうして知ってるんだ、なんて問いをさせない笑顔で。

「――ねぇ、リク。キミの願いはなぁに？」

願いを求めて僕に笑う。

「なんでも叶えてあげるよ。夕暮れの向こうで、きっと待ってるから――」

1・村に来た監視者

その〝村〟に名前はついていなかった。

村どころか、かつてこの世界についていた名前さえ現在の人類はほとんど知らない。

人類が栄華を誇った文明も、【災厄】によって多くが滅びてしまった。

ただひとつ、前文明の叡智が残された【都市】からも、遠く離れた辺境にある〝村〟。

荒野のただなかにある何の変哲もない村に、都市から軍人が訪れていた。

「——どういうこと？　説明してもらうよ」

威圧的に告げたのは、まだ若い女だ。

暗い黒の髪と同じ色の大きな瞳。濃く化粧された華やかな顔立ち。

軽そうな外見の女だが、身には化粧と不似合いな漆黒の軍装をまとっていた。

「この村が【誰に】【何故】保護されてるのか忘れたわけ？」

強い目線が老齢の村長に向けられる。

村長が腰を低くして彼女を見あげた。

「これは、その、若い者が暴走したことで……」

「あたしは言い訳を聞きに来たんじゃない」

冷たい声で女は言う。

いつのまにか構えられた手には、黒く艶光る物体があった。

「あんたらなら知ってるよね？　これが銃。ちょっとこの引き金を引くだけで、あんたの命を奪える代物」

「ちゅ、中佐どの」

「あたしの名はクロエ。部下でもないあんたに中佐と呼ばれる筋合いはない」

ぴたり。

銃口は村長の額に向けられて、少しもずれることがない。

「クロエ、どの……」

「答えな。あの子供の扱いはどういうことなの？」

クロエの目線は、隣の部屋――通気孔にさえ鉄格子が嵌められ、血と汚物の臭気がこもった監禁施設へと向けられていた。

「…………っ」

軽い外見からは想像もできないクロエの威圧感に村の男たちが喉を鳴らした。

無意識に両腕を上げた村長がおそるおそる口を開いた。

「……普段は、死なない程度に気を付けていたのです。監禁されている自分の境遇に疑いを持ったり、我々に反抗心を抱いたりしないよう、教育の範囲内で」

「従順な飼い犬に調教ってこと？　だとしても、あそこまで劣悪な環境にする必要はなかった」

「必要な事です！」

吐き捨てたクロエに村長が叫ぶ。

「これは【都市】が決めたことです!!　アレに自立心を抱かせるな、自我を持たせるな、希望を持たせるな、と！」

「…………」

いきりたった村長にクロエはわずかに眉をひそめただけで銃口で続きをうながす。

「飼いならす方法は我々に託された。我々はうまくやっていました、この百年以上。そうでしょう？現に、これまでこの村に軍隊が来ることもなかった」

「……確かにね。あんたたちは見事にうまくやった」

冷たい目線のままクロエは言う。

「でもうまくいってたのは昨日までの話だ」

「！」

感情をこめずに告げたクロエの言葉に、村長が目を剥いた。

「ちがう、ちがうんだ、ちがうんです！」

喉をひきつらせ、わめきだす。

「私はいつも絶対に殺すなと言っていた！　刃物だって都市との協定どおり持ち込みを禁じていた!!

痛めつけたら適度に回復するのを待ってから、また後日に痛めつけろと言ったんだ。なのに、あいつが勝手に掟を破って、いや、そもそもあの忌み子が自我なんて持つから……っ」

「黙りな」

――パァン！

「ひぐあああああ!!」

破裂音とともに村長の足から血が噴き出た。

長い睫毛を一本たりとも動かさず、クロエが村長の足を撃ったのだ。

それまで照準を合わせていた額ではなく、あえて足に。

「あ、あ、あああ……っ」

「安心しなよ、簡単に殺したりしない。あんたには都市での処断が待ってるからね」

冷ややかな声音は変わらない。

「中佐」

無線機から何かを聞きとった軍人の一人が進み出て、クロエの耳もとに口を寄せた。

「例の子供は一命をとりとめたようです」

短い報告にクロエが「ご苦労」と目を細める。

「……例の子供、か。そういえば都市で見た映像では、あの子供は自分のことを『リク』と名のってたね」

「はっ」

「変に刺激するのはまずい。今後、あの子供の呼称は『リク』に統一する。いいね」

「了解いたしました、中佐。今後、例の子供の呼称は『リク』に統一いたします！」

「よし。――……警備体制は現状を維持」

「……はっ」

小声で告げられた後半の命令に、部下はわずかに目を伏せた。

復唱を避けた部下にうなずき、クロエは「さて」と視線をもどす。

苛烈な目線が、集まる男たちを見まわした。

「なんで俺たちが……これも全部、忌み子のせいだ」

「悪いことなんか何もしてないのにな……！」

「都市に住んでるからって偉そうにしやがって――」

村人たちは口々に愚痴っている。

そこにあるのは都市軍人への妬みと、リクへの罵倒だ。

「………」

クロエの目線に軽蔑の色が混じった。

手の動きで、部下たちに作戦の開始を知らせる。

「あんたたちには警備部じゃなく特務部のあたしが来た理由を味わってもらうよ――」

2・牢獄(ろうごく)から出された少年

……ぽたり。

水滴(すいてき)が落ちる音が聞こえてくる。

ぽたり、ぽたり。

顔に熱いものが落ちてくる。

「リク」

僕を呼ぶのは誰だろう。

僕の名前。

それを呼んでくれるのは。

「……リク」

泣きそうな声。あれはアイの声だ。

アイが泣いてる?

なら、拭(ぬぐ)わなければ。

せっかく、綺麗(きれい)な顔なんだから。

「リク――……」

ぱたぱたぱたっ。

雨のように降ってきた涙に瞼を開けた。

「！　リクっ」

目のまえにアイのととのった顔が近づく。

……目のまえ？

「良かった、リク、起きてくれて……生きててくれて……！」

アイの瞳から、はらはらと涙がこぼれる。

透明な雫はアイの顔をつたって僕の頬に落ちてきた。

おかしい。

これじゃまるで、寝ている僕の顔をアイがのぞきこんでいるみたいじゃないか。

そんなことはありえない。

僕たちが会うのはいつだって鉄格子ごしだったんだから。

「……これ……まだ、ゆ、め？　どうし、て、アイが――」

「夢じゃないよ」

まだうまく声がだせない僕に、アイが応える。

「あのね、ここはリクが前にいた部屋じゃないの。村の外れにある小屋なんだよ」

「え……!?」

予想外の言葉だ。
とっさに自分の両手を見る。

枷が無い。

「――――！」

いつも手首に嵌まっていた鉄の手枷と鎖。
それがどこにも見当たらない。
「そ、んな、まさか」
言わずにいられない。
だが見まわせば、天井も壁も床も、見なれた薄汚れたものとは違う。
少々古びてはいるものの、掃除が行き届いていて清潔感がある広い部屋。
木の壁には大きな窓があり、さわやかな風が入ってくる。
そこに鉄格子は無い。
窓の外は木々で視界が遮られているが、柵というより日除けのようだ。
なによりここは、饐えた異臭がしなかった。
血の臭いも、雑巾のような布も無い。

ここは牢獄じゃない。

なら、何なんだろう？

――――僕は、自由なのか？

「な、んで――……っ」

飛び起きそうになった僕の肩を、アイが慌てて「まだ寝てなくちゃ」と押さえた。

「そんなばあいじゃ……」

「だってリクはもう五日も寝込んでたんだよ。今だって包帯だらけでしょ？」

言われてみれば、腕も顔も肩も、ナイフで刺されたところに包帯が巻かれている。

こんなことは初めてだ。

傷をつけられても放置されるだけだったのに、手当てをしてもらえるなんて。

しかもあの檻のような部屋から出され、清潔な場所でやわらかい寝台に寝かされている。

わけがわからない。

「……これは、いったい……」

「私がいつもどおりあの鉄格子のところへ行こうとしたら、都市から来た軍人のひとたちがリクを連れ出してるのが見えたの」

都市の軍人？

それはまえにアイが話していた、あの軍人のことだろうか。

彼らがこの村に来たのか。そして僕を連れ出したって？

「……どうして」

アイが長い睫毛を伏せた。

「……分からない。でも村に到着してからいちばんにリクのところに向かったらしいよ。村の人たちが言ってた」

「僕のところへ――？」

全く記憶にない。

あえて言うなら、気を失う寸前に女の声が聞こえた。あれは何だったんだろう。

あの部屋に女性が入ってきたことはないし、なによりあの声は何も無い天井から聞こえた。

だからきっと気のせいだと思うけど、なにか気持ち悪い。

大事なことを言っていたような気がして――

「――それで、軍の人たちがリクをここに運んできたの」

「！」

アイの声に引き戻された。

そういえば、そもそも。

「……ここは？　どうして、アイが」

「ここは村の外れにある、使ってなかった小屋だって。私はリクを追ってここに来て、毎日あの窓から覗(のぞ)いてたの。いつもと同じ夕方ごろに」

アイが指差したのは大きな窓だ。

「いつもの場所だとね、村の男の人たちに見つからないよう近づかなきゃいけないの。でも最近は村の男の人たちを見かけないから、この小屋に近づくのはすごく楽だった」

「そう、なんだ……？」

村から男たちがいなくなるのも初めてだ。

これまでずっと、三日と空けずに誰かがおしおきに来ていたのに。

アイがちらりと扉のほうに目を向けた。

「かわりに軍の人が小屋のまわりを見張ってるけどね」

「――軍、が？」

「そう。でも、そんなに厳しいものじゃないよ。軍の人たちは村に何十人も来たんだけど、リクがいるこの小屋のまわりを見張ってるのはたった二人だもの。しかも入口の前に立ってるだけ」

それは……少ないのかな？

アイがうなずいた。

「鉄格子があって見回りがあって、建物にも入れなかったあの部屋とは違うよ。じっさい、私は何度も寝てるリクの顔を見に窓から入ってきたもの。最初の日と二日目は軍の人たちがリクの傍についていたから近寄れなかったけど……」

「……ここは、あの部屋とは違うよ。全然、違う」

アイが唇をぎゅ、と噛む。

「そうなん、だ……」

たしかに違う。違いすぎる。

なにより。

「――……ねぇ、リク」

アイの手のひらが僕の頬に触れた。

――アイが、近い。

「…………!!」

――――温かい。

初めて触れる、アイの手のひら。

初めて触れる、アイの体温。

「ど、して――」

「軍の人たちはよく分からない器具とか薬とか使ってリクを治療してくれてたけど、体におかしな所はない？　痛いところはない？」

心配そうに聞いてくるアイに、ゆるくうなずく。

もともと僕は痛みなんか感じない。

痛いのはアイが痛そうな時だけだ。

それどころか、体中に力があふれてる気もする。いつもより……調子がいい？

元気、ってこういうことを言うんだろうか。

都市の軍人が僕を治療したせいなのかな。

「むしろ……いい、よ」

「良かった……！　すごく心配したの。本当に本当に心配したの」

「しんぱい――？」

しんぱい。

その言葉の響きに、目を見ひらいた。

懐かしい景色を思い出したからだ。

『……いなくなって、心配したのよ……っ』

あの、ねこをたすけようとしていた子供の〝おかあさん〟みたいに？

アイが、僕を心配してくれたのか。

僕を。

アイが僕をにらみすえる。

「あたりまえじゃない、リクはもう私の本当の家族なんだよ。そう約束したでしょ？」

「――！」

当然のように言われた。当然なんかじゃないはずなのに。

アイが続ける。

「お父さんは私のことなんか殴るためのモノと思ってるし、私にはリクしかいないの。大事な同じ存在で、仲間で、友達で、家族なんだもの」

アイが髪をさらさらといわせながらうつむいた。

「やっと見つけた、たったひとりの――……」

「アイ……」

僕も思っていたことだった。

仲間で、友達で、家族。

たったひとりの大事な存在。

きらきらと光る瞳に見つめられる。

「リク、死なないで。

私をひとりにしないで。

――――お願い」

細い指先が、かすかに震えている。

アイは眉を寄せて苦しげに言った。

「ごめんね、我儘だって分かってる。でもどうしても怖いの。リクがいなくなったらって思うと、怖くて仕方なかった。……もうひとりになりたくない。リクと、離れたくない」

アイの瞳から、涙がこぼれる。

「………っ」

ぎゅ、と、手のひらに力を込めた。

切々と告げられるアイの言葉。

僕を見つめるアイの双眸。

「……しな、ないよ」

うまく動かせない舌を、必死で動かす。

「リク？」

「僕は、死なない。アイからも、はなれない」

手をのばして、アイの涙をぬぐう。

温かい液体が指先にしみこんだ。

「やっと……ぬぐえた……」

「リク——……！」

僕に手をさしのべて、僕に名前をくれて、僕を救ってくれたアイ。

そのアイがこんなにも頼りなげなのは初めてだった。

ほろほろ、ほろほろ。

涙があとからあとからあふれだす。

「……リクは、本当にいつも私の涙を気にしてくれるんだね」

泣きながら、アイが笑う。

アイの手のなかに、何度も見た布袋(ぬのぶくろ)があった。

あれは、たしか──僕がアイにあげた、古い布きれの入った袋だ。

アイが袋から布きれを取りだした。

元から古かった布きれは、アイが何度も握りしめたせいで更(さら)にぼろぼろになっていた。

でもアイがそれを気にする様子はない。

大事に大事に、そっと握りしめる。

「覚えてる？　私がリクを二回目に訪れたときのこと」

もちろん覚えている。

どうしてアイは僕のところにまた来たのか、不思議だった。それは今もだけど。

「あのときも言ったと思うけど、私、お父さんに殴られてるのが辛(つら)くて、苦しくて、しんどくて、なにもかもう嫌(いや)で、前の日に見た〝私と同じ存在〟に会いに行ったの。私と同じ君なら──……リクなら、きっと私の痛みを理解してくれる、って思って」

……？

痛みを理解……？

「でも、リクは私よりもっとひどい目に遭(あ)ってた。……心のどこかで安心した。私よりもっと辛い目に遭ってるひとがいるんだ、って。思った自分が嫌になって逃げて、でもまた見に行かずにいられなくて、もう一度行ったの」

……。よく分からないけど、だからあの日、アイは僕がおしおきを受けていた時と、その後の夕暮れ、二回現れたんだろうか。

「……私のこと、嫌いになった？」

「え？」

なんでだろう。

アイを嫌いになる理由が分からない。

アイが困ったように笑んだ。

「私……リクと自分を比べて、まだましだって思うことでお父さんの暴力に耐えようとしてたの。汚いでしょ？」

比べる。ましだと思う。耐える。

どれも僕にはよく分からないけど――

「……アイは、きれい、だよ」

それだけは、分かる。

「――――っ」

アイが息を呑んだ音が聞こえた。

唇を、強く噛んでいる。

そんなに強く噛んだら、せっかくの綺麗な唇に痕がつかないのかな。

「リクは――……本当の意味で、優しいね……っ」

泣き笑いのまま、アイがあおむけに寝る僕に顔を近づけた。

「あの日も、ね。汚い心で近づいた私に、リクはこの布をくれたの。――こんな許されない私の涙なんかを、気にしてくれた」

ゆるされない？

そんな。

そんなこと、きっとない。

だって、アイは綺麗だ。

誰よりも何よりも、綺麗だ。

「私、泣いてるのを気遣われたのなんて初めてだった。泣いたら、うっとうしいって殴られるものだと思ってた。なのに――」

アイの手が、僕の頬を撫でる。

「私より辛いはずのリクが、私を救ってくれた」

あの日から、と、アイが言う。

銀糸のような髪が額にかかる。

さらさらと音をたてて。

「あの日から、私にとってリクが一番大切になったの」

ふわり。

やわらかい指先が、唇に触れた。
言葉を、祈るように。
温もりが体を覆う。
全身を覆う。

温かかった。
どうしようもなく、涙よりも言葉よりも。
アイの手が、温かかった。

「――――……っ」

僕にはアイの気持ちはよく分からない。

アイが何に苦しんで、何を迷って、何を悔いて、何を罪に思うのか。

僕には全く分からない。

でも。

けれど。

どうしても。

この温もりを手放したくない。

僕を大切だと言ってくれるアイを、手放したくない。

手放すのが、怖い。

大切。

アイが言った言葉が全身に染み渡る。

そうだ。きっとこれが、大切って思いだ。

アイが、ただただひとえに大切だった。

ずっと。

ずっと、こうしていられたらいいのに。

初めての願いだった。

――――願い。

ふと、頭に声が響く。

『だから言ったでしょ。願いを叶えてあげるからマキちゃんを探しに来てって』

願い。
それを叶えてくれるのだろうか。
マキちゃんが？
いや、あれはただの夢だ。
僕が幼いころから見つづけているだけの、夢にすぎない。
頭ではそう理解している。

でも、もしも。

もしも『マキちゃん』がどこかにいるのなら。
この世界のどこかに存在するのなら。
いいや、存在しないとしても。

もしも願いがあるなら。
そして願いを叶えたければ。
僕は、動くしかない。

思いながら、手を伸ばす。
これまでいくら伸ばしても近づけなかったアイの手を、握りしめる。
夕焼けの中で見た子供みたいに。
手を、伸ばす。
「リク？」
体を起こした僕に、アイがふしぎそうな顔をした。

「────逃げよう」

急な衝動だった。

同時に、今しかない、とも思った。

「逃げる——!?」

「きっと、今しかない」

「それは……たしかに、リクの見張りがいないのなんて今しかないと思うけど」

「だろう？　だから」

だから、きっと逃げるなら今だ。ほかに道なんてない。

アイの手を握りこむ自分の手に、じっとりと汗がにじんでくるのが分かった。

「逃げよう、アイ」

少しずつ慣れてきた喉で、告げる。

アイの瞳がとまどいに揺れた。

「この小屋にいつまでいられるか分からないから？　いつまたあの部屋に戻されるか分からないから？　でもだからって」

「アイと、離れたくない」

死にたくない。そう思ったときと同じ強さで言う。

僕にとって死ぬこととアイと離れることは同じ意味だ。

アイと離れるのは、死ぬってこと。

死ぬのは、アイをひとりにするってこと。

どちらも嫌だ。

「で、も――……っ」

アイが喉をつまらせた。

どこか、村の方向を見る。そこに何があるっていうんだろう。

「私は……お父さんに逆らっちゃいけない」

おとうさん？

それがどれだけ大事なのか、僕には分からない。

分かるのは、ただ。

「……このままじゃ、また、離される。アイに、ふれられなくなる」

僕はそれが怖い。

アイを失うことが怖い。

アイをひとりにすることが怖い。

だって。

僕は。

アイが。

好きだから。

「——……っ」

ほんの少しの言葉。
それがどうしても言えなくて、僕は何もつかんでいない手を握りしめる。

アイの家族になりたい。
アイの仲間になりたい。
アイの友達になりたい。

アイの、となりにいたい。

「アイを、失いたく、ない」

アイは、違うのだろうか。

僕と〝おなじ〟じゃないんだろうか。

「それは、私だって――……！」

アイが悲痛な声をあげた。

痣のひどい腕をみずから抱きしめる。

「お願い、聞いて。お父さんにとって私は邪魔なモノなの。理由なんて知らない。無いのかもしれない。人が人を嫌うのに、そんなにたいした理由なんていらないのかもしれない。血のつながりなんて、何の重みにもならない」

何かが壊れたみたいに、アイが言葉を吐きだす。

「私がお父さんに逆らえないのは、お父さんが怖いだけ。逆らってまた殴られるのが怖いだけ。本当はお父さんなんて嫌い。毎日毎日、自分の気分で私を殴るお父さんが、本当に嫌い。でも、殴られるのを怖がって逆らえない自分も嫌い。……好きなのは、リクだけ」

血を吐くように切実に、アイが叫ぶ。

「私もひとりだって最初に言ったじゃない！　私だって、リクを失いたくない——……っ」

だから、離れていこうとしないで。

おねがい、と。

縋るように、アイがつぶやいた。

「…………リクと一緒の家に、帰りたいの」

帰りたい？

——そうだ、帰るんだ。

僕の部屋じゃない。アイの〝おとうさん〟のところでもない。

こんな寒い場所じゃないところへ。

頭の中に声が聞こえる。遠い日の親子の声。

『うん、おうちにかえるの、だからだいすき！』

ずっと、心のどこかで憧れつづけていた言葉。

どちらからともなく、手を繋いだ。

強く、強く。

けして離してしまわないよう、強く。

夕日がさしこむ赤い部屋で、黒い影が手を繋ぐ。

「――――一緒に、帰ろう」

ここじゃないどこか、きっとあるはずの僕たちの居場所に。

家、に。

僕は、モノじゃない。ソレでもアレでも、忌み子でもない。

リクっていう、人になるんだ。

アイが僕に名前をくれて、それを気づかせてくれた。

気づかせて、くれた。

3・村の外・荒野へ

走る。駆ける。両足を交互につきだして、ひたすらに進む。
リク、と呼びかけるアイに、目だけでうなずく。
足がふるえて、胸のあたりがどくどくとうるさい。息がうまくできない。
でも気にしている暇はない。

「いたぞ、あそこだ！」
「絶対に逃がすな、追え!!」

村人たちの声が追って来る。足音も。すぐそばまで迫っているように感じられる。
早く行かなければ。早く逃げなければ。早く。
あせる心のまま、足を動かす。
土を蹴って荒野を駆けて、岩をつかんで崖を降りて。
手のひらにできた傷から砂が入りこむ。自分の吐く呼吸がうるさい。
それでも。

「待て、今なら許してやるぞ⁉」

「くそ、大人じゃこの崖を降りるのは無理だ……！」

「軍隊のやつらはなんで助けてくれないんだ⁉」

それでも、夜闇のなか僕とアイは逃亡(とうぼう)する。

モノのように扱われる日々から逃げるために。

「リク、次はこっち！　これで最後だから」

「うん……っ」

アイの誘導(ゆうどう)に従って足を下ろし、岩盤(がんばん)を降りていく。

ようやく平地に足がついた。

見上げれば険しい崖が月明かりに浮かんでいた。

これを降りてきたのか。

ついこのあいだまで箱みたいな部屋にいたのに、すごい差だ。

「リク、疲れたんじゃない？　休憩しようか。ここなら岩場の陰になってるから上から見つけられないと思うし」

気遣いはありがたいけど、でも、平気だ。

声は使いすぎて喉が少し痛かったから、手を握り返して伝える。

握る力の強さが伝わったのか、アイが「――うん」とうなずいた。

「この崖はね、リクのいた村に行く途中、お父さんと通ったの。近道だったんだけど、岩がもろいから体重の軽い私しか登れなくて遠回りすることになったから、村の人たちも追って来れないと思って」

なるほど、たしかにアイの言う通りだ。

「すごいね――……」

すこし声がかすれたけど、伝わったかな。

「すごいなんて」

アイが照れたようにはにかむ。伝わったみたいだ。

「……ありがとう。こんなことで誉められるなんて、変な感じ」

頬を染めて微笑むアイは、綺麗とは少し違う。

なんて言えば良いのか分からないけど、なんだか――

結局分からなくて、僕はまた手に力を込めた。

アイのやわらかい手のひらを握りしめる。

「……一緒に、いこうね」

アイが嬉しそうに微笑んだ。

それでいい。それだけでいい。

「いこう、リク。リクと一緒なら、きっとなんでもできるから」

アイが僕の手を握りかえして歩きはじめた。

逃げよう。

そう決めた僕とアイは、夜を待って小屋から抜け出した。

ナイフの威力を身をもって体験した僕は、アイに頼んで調達したナイフだけを持って。

アイは旅慣れているぶん、いくつかの細々としたものを用意して。

「どこに行こう？　リクはどんなところに行きたい？」

尋ねられ、思いうかんだのはマキちゃんの言葉だった。

『なんでも叶えてあげるよ。夕暮れの向こうで、きっと待ってるから――』

まさか、とは思った。

ただの夢だ、と。

でも他に特に思い浮かぶものも無い。

それに。

「………夕暮れ、に、近づきたい」

「夕暮れ？」

とうとつな僕の言葉に、アイはすこし意外そうに目を丸くした。

でも、僕にとって夕暮れは、アイが来てくれるとても楽しみな時間だったから。

夕暮れに近づけば。

夕暮れの中に入ることができれば。

そうすれば、あの赤い世界のなかで、ずっとアイと一緒にいられる気がする。

あやふやな答え方をした僕に、アイは「私は行きたいところはないから、リクの興味があるところにしようか」と笑顔で言ってくれた。

夕暮れの方向に、ずっと進む。決めてしまえば、小屋から出るのは簡単だった。

アイが侵入したのと同じ窓から脱出するだけだったから。

その後もアイが言っていた通り小屋の見張りは気が抜けるほど緩いものだったし、軍人が追って来る様子もなかった。

不思議なくらいに順調だった。

が、村を出てしばらく経ったところで、ちょうど隣村へ買い付けに出ていたらしい村の男たちに見つかってしまった。

「お前――!?」

「なんで忌み子がここに！」

「あの部屋からどうやって抜けだせたっていうんだ!?」

何度も僕を殴ったことのある、見覚えのある面々だった。

しばらく村を空けていたらしい彼らは、僕が部屋から小屋に移されたことも知らなかったのだろう。

まず僕が外にいることに驚いていた。

もちろん、とっさに逃げだした。

父親の暴力を思い出して足がすくんだアイの手を引いて走りだした。

すると男たちも我に返ったのか、怒声をあげて追いかけてきたのだ。

「捕まえろ！」

「何があったのか知らないが、こいつは忌み子だ。逃がすんじゃない」

「どんなことをしたっていい、それは俺たちのモノだ!!」

追いかけてくる足音。

投げられる罵声。

射かけられる矢。

「アイっ」

「リク、もう少し！」

それらをアイと二人で力を合わせてかわしつづけた。

走って、走って、走って。

逃げて、逃げて、逃げて。

そして、アイが以前に通った岩盤のもろい崖下にたどりついたのだ。

「くそっ、忌み子の分際でふざけやがって……！」

「村に応援を頼みに行ったやつらは何してんだ」

崖の上から男たちの声が聞こえる。

彼らが降りられずにいるうちに早く進まなければ。

目でアイに訴えると、アイも同じことを思っていたのか、すぐにうなずいた。

静かに足を踏みだす。

そのとき。

「――――おい、大変だ!!」

新しい声が聞こえてきた。

ずいぶんと焦っている。なにかあったのかな。

それまで話していた男たちが、口々に「どうしたんだ」「村から応援を呼んできたんじゃないのか」と問いかける声がする。


「それが、村が大火事なんだ！」


火事？

となりでアイが息をつめて会話を聞いている。

「お前らも早く来て消火を手伝ってくれ!!　せめて家財道具を持ち出さないと……っ」

「そんなに大火事なのか!?」

「村中が焼けてるんだよっ。もう忌み子なんてどうでもいい！」

「と、とにかく一度、村に戻ろう」

「そ、そうだな。あんなやつ、荒野じゃすぐに死ぬだろ。そのあとで回収すればいい」

ばたばたばた。

慌ただしい気配とともに、男たちが駆け去っていく。

……火事？

それも村を焼き尽くすような？

小火程度なら僕が村にいたときにも何度かあったけど、そんな大火事初めてだ。
なにせ村には水が豊富にあるのだ。
すぐに消せないほどの炎が、どうして――

カッ、カッ、カッ、カッ、カッ……。

靴音が遠くから聞こえてきた。
規則的で速い、勇ましい足音。
こんなところに、僕らや村の男たちの他にも人が？
「あれは……軍人？」
アイが声をひそめて言う。
軍人というと、僕を部屋から小屋に連れ出した人たちだろうか。
僕はまだ軍人を見たことが無い。
あれがそうなのか、と目をこらす。
岩山の向こうに黒い影が見えた。

4・岩陰で話す軍人たち

よろしいのですか、と問う声が聞こえた。

黒い服を隙なく身につけ、目深に帽子をかぶった男。

あれが、軍人か。ああいうのが、軍人なのか。

問いかけた相手は、男よりかなり年下に思える女だ。

あの女も軍人なんだろうか？

「かまやしないよ。よくやってくれた。軍曹、あんたも見ただろ？　あの惨状を。あたしが子供の頃に住んでたところだって、あの檻よりはましだった」

軍曹と呼ばれた男は複雑そうに眉をひそめる。

「……中佐は都市でも地下のご出身でしたね」

「そう。あんたと同じく、ね」

「！　覚えてくださっていたのですか？」

「あたしはあんたの命を預かる立場だよ。忘れたりはしない。……あの村は屑どもの集まりさ。あんたが罪悪感を持つような相手じゃない」

派手な外見から想像していたよりは低い声だ。すこし、聞き覚えがある気がする？

いや、気のせいか。

僕はあんな女、見たことない。ましてやあの女は軍人みたいなんだ。

僕が軍人を見るのは初めてなんだから、会ったことも声を聞いたこともない相手のはず。

アイがこそりと耳打ちしてきた。

「あの女のひとが、村に来てた軍の一番偉い人だよ」

「あのひとが？」

意外だ。

偉い人といえば、もっと固そうな厳めしい男だと思っていた。

女は続ける。

「たとえ良心が許せないんだとしても、忘れな。これは命令だよ」

「…………」

冷たい声。

有無を言わせない迫力。

力任せの村人とは、何かが違う。よく分からないけど、もっと不吉なものだ。

これが【都市】の人間っていうものなのか？

カツカツカツ。

二人が歩く音だけが谷間にこだまする。

僕とアイが息を殺してうずくまる場所に近づいてくる。

「——……本当、なのでしょうか」

いまだ迷いの残る声で男がつぶやいた。

「なにが？」

「【願いを叶える装置】です」

——？

男が独り言めいた口調で言う。

「かつて世界を襲った【災厄】の源。どんな願いも叶えてくれる神のような存在。そんなものが、本当に在るのでしょうか？　自分にはとても信じられません」

願いを叶える装置？

災厄の源？

神のような存在？

いったい、なんのことだ。

ざわざわと頭の中がうごめく。

願い。叶える。装置。災厄。神。

たくさんの単語が頭にうずまく。

女の声がする。

「さぁね。あたしは真実なんか知らない。興味もない。でも――」

こつり。

女の細い足をつつむ長靴が歩みを止めた。

「でも、そんなものが実在したとしても、関わらないほうが身のためだよ。あんたも、あたしも、誰も彼も」

濃い睫毛にふちどられた中佐の視線が一瞬だけずれる。

え？

まさか今、僕を見た？

そんな馬鹿な。

気のせい、きっと気のせいだ。

見つかってなんかない。だって僕は誰にも見つからず逃げなきゃいけないんだから。

「一生関わらず、忘れて生きるべきだね。

――願いを叶えて不幸を撒く【願いを叶える装置】なんて」

カッ、カッ、カッ、カッ、カッ……。

靴音が速さをとりもどして遠ざかっていく。

「……すが、……からは捜索命令を――……かと……」

「いいさ、もちろん――……はする。確保するか……かは……べつもんだい――」

二人の会話が聞こえなくなっていく。

「よかった、見つからなかったみたいだね」

となりでアイが息をつく。

その通りだ。見つからなくて良かった。けど。

――けど。

僕の頭の中には、いくつもの声がかけめぐっていた。

『ねぇ、キミの願いはなぁに？』

『……マキちゃんは役に立てないの？　願いを叶えられないの？』

『なんでも叶えてあげるよ。夕暮れの向こうで、きっと待ってるから――』

マキちゃんの明るくて無邪気な顔が脳裏に浮かぶ。

マキちゃんは、マキちゃんは、マキちゃんは。


マキちゃんは不幸を撒く【願いを叶える装置】なのか――――？


ざわざわ。ざわざわ。

頭の中がうるさい。

たくさんの言葉が頭をめぐっているのに、考えは全くまとまらない。

「早く行こう、リク。ちゃんとしたところで休まなきゃ」

アイの優しい声が、僕の足を動かした。

ずいぶん、進んだ。
いつのまにか太陽が昇っている。
日光が地面に反射する。
乾燥した空気。

灼ける岩肌。

舞い飛ぶ砂塵。

岩石砂漠の乾いた色合いはずっと同じで、どれだけ歩いたか分からなくなる。

「……、……っ」

もはや声もでなくて、荒い呼吸をくりかえしている。

水が尽きてからどれだけ経っただろう？

口の中はカラカラで、肺にいきわたる空気も熱い。

頭はガンガンと割れるような痛みがずっと続いているくせに、意識は朦朧として。

体が熱いはずなのに、指先はみょうに冷たくて小刻みに震えている。

「…………」

リク、と声がした気がしてふりむけば、アイがそっと微笑んでいた。

青ざめたアイの顔。

だけど幸福そうな顔。

きっと僕も同じ顔をしているんだろう。

「……カミサマなんて、やっぱり信じられないな」

かすれきった声で、僕は言う。

そう、マキちゃんなんて信じられない。信じてもいないけど、やっぱりいなかった。

「カミサマ……？」

アイが不思議そうな声を出す。

うなずいた。

「そう。もし……願いがなんでも叶うなら、なにを願う？」

たとえば、なんだろう。たとえば——

「人生をやりなおしたり、誰にも見つからない体になったり、未来が見えたり、とか」

「…………」

聞こえてないのかな？

アイの反応が遅い。

「私は——」

小さな声で、アイがつぶやく。

ひどく、切羽詰まった声で。

「——もう、願うことなんてない」

？

どういう意味だろう。

アイがそれ以上は何も言わず、僕の手にふれる。

握る。

縋りつくみたいなアイの握りかた。変わらない。
すこしだけ笑って、僕はアイの手を握り返す。
声にならないような声で、アイがつぶやいた。
「――……ありがとう、リク」
見上げれば空があきれるほどに蒼くて、透きとおって、美しくて。
アイ、と、初めて声を出した日のように、僕は喉をふるわせる。
礼を言うのは僕のほうだった。
僕こそ、

「――あなたたち、大丈夫――!?」

やわらかい女の声が、降ってきた。

第4章　雨上がりに忌み子がふたり

「……マキちゃん！」

「そぉだよー、マキだよー」

鉄格子の向こうで少女が笑っていた。

目の前にいるのは確かに玉川マキだ。祠で初めて出会い、いつの間にか二年五組のクラスメイトになっていた謎の少女だった。草平はあんぐりと開いていた下あごを元に戻してから言った。

「……なんできみがここに？　いや、いまの猫が、だってオセロは——あれ、どうしてぼくの姿を……？　透明街は、だって、そんな……」

あるときは謎のナース・マキちゃん。あるときは普通の女子高生・玉川マキ。

マキちゃんは何にでもなれるし、何だってできるのです。

さぁ、この願いは叶えたから次の願いを叶えに行かなくちゃ。

だってマキちゃんはマキちゃんだからね！

1．小さな集落

女の名前は、フミといった。

僕がそれまで通気孔からは見たこともないような、すごく美人な女のひと。

アイもそう言っていたから、まちがいない。

フミは商品を載せていたという馬車に僕とアイを乗せて、言った。

「子供二人で荒野を旅するなんて、よっぽど深い事情があるんだろうとは思うわ。けど、無茶をして命を粗末にするなんていけなくてよ」

フミが水をくれる。塩もくれる。

それだけで、生き返る。

信じられない。人間はこんなに水が必要だったのか――。

「あ、りがとう、ございます……っ」

まだ舌がうまくまわらない僕のかわりに、アイが先に言ってくれる。

あわてて「りが、ざい、す……っ」と頭を下げた。

フミは「いいのよ」と髪飾りを揺らす。

「ここから半日くらい進んだ場所にね、わたしが弟たちと作った集落があるの」

集落？

「あら、知らない？　村より規模が小さい、家族が住んでるような場所よ。とにかく、回復するまではわたしが面倒をみてあげるから、そこでゆっくり静養しなさいな」

家族、って……。

それは、フミの家族だろう。

僕たちの居場所じゃないはずだ。

「そんな……」

「私たちの事情も知らないのに、そんなこと、良いんですか？」

不安そうにアイがたずねる。大人に怯えている顔だ。

アイの不安を見ぬいたように、フミが穏やかに微笑んだ。

「事情なんか知らなくても人間は助けあえるのよ。覚えておきなさいな。世の中には助けてくれる大人もいるってことも」

「――――！」

となりでアイが息を呑む。僕だっておなじだ。

信じられない。

たすけあえる？　なんだそれ。

たすけてくれるおとな？　わけがわからない。

でも。

「ほら、行くわよ。集落までは少し寝ていればいいわ」

フミはそう言って僕たちに毛布を渡し、馬車を出す。

「どうして――」

アイが言う。

「どうして」

僕がつぶやく。

フミが満面の笑みで言った。

「おなじ人間だもの。助けあわなきゃ」

おなじ？

おなじだって言うのか。

忌み子として疎まれつづけてきた僕を。僕たちを。

おなじ人間だと、この人は言えるのか。

おなじ存在は、僕たちはお互いしかいないと思っていたのに。

ぬくもりが胸を満たす。

手が震えて、言葉が出ない。

知らないうちに、僕もアイも泣いていた。

「泣かないで」とフミが言う。ねこをさがしていた子供の〝おかあさん〟みたいに。

優しい、声だった。

集落に着いたその日、僕たちは行く場所も帰る場所もないことをフミさんに明かした。

「あら、帰る場所がないの？　親御さんも？」

「はい……」

「すみません……」

うなだれた僕たちに、フミさんは笑みを深くした。

「なに子供が気にしてるの？　平気よ。この集落はわたしが作ったって言ったでしょ？　わたしは集落から少し離れた工房で作った商品を、都市やほかの村に売るのが仕事なの。お金はたっぷりあるのよ」

お金……。

それって、たしか、大事なものだ。

それがたくさんあるってことは、すごいのかな？

よく分からなくてアイを見ると、アイが尊敬の目でフミさんを見ていた。

「フミさんはお商売人なんですね、すごい……！」

やっぱりすごいのか。すごい。

フミさんが艶やかな唇を吊り上げて笑う。

「あなたたちが大きくなったら、わたしの工房を手伝ってもらうわ。そのかわり、わたしはあなたたちの衣食住の面倒を見る。悪くない交換条件でしょ？」

「どんな商品を作ってるんですか？」

「わたしの工房についてはまた時期が来たら教えていくわ。それまでは集落の皆のお手伝い。ね、どうかしら」

「！　はい、私、なんでもします。ありがとうございます……っ」

アイが頭を下げる。

お手伝いっていうのがどういうものか分からないけど、アイがするなら僕もしよう。

「おねがい、します……っ」

いまいちうまく回らない舌を使う。

フミさんが少しだけ苦笑した。なんだ？

「リクくん、だっけ？　あなたは男の子なんだから、もう少し元気な方が良いかもしれないわね。そういうのが良いって人もいるけど――いえまぁ、とにかくせめて、普通に喋れるようにならなきゃ恥ずかしいわね」

……恥ずかしい？

それってなんだろう。

聞いたことが無い。

「あ、あの、リクは――」

アイが何かを言おうとしてくれている。その前に。

「――いいわ。リクくんもアイちゃんも、わたしが礼儀作法と基礎勉強を教えてあげる！」

「え？」

「は？」

アイと二人、僕はぽかんと口を開けた。

僕は意味がよく分からなくて。

アイは信じられないって顔で。

しかしフミさんが気にした様子はない。きらきらと光る髪飾り、耳飾りを揺らして「そうね、そうしましょう、そのほうが素敵」と納得している。

「あなたたちを拾ったのは商品を売りに行った帰りだったって言ったでしょ？　実はあのときの品が、

かなり高く売れたのよね」

フミさんがお金に困っていない感じは分かる。

通気孔から聞いていた会話。当時はよく意味の分かっていなかった会話を繋ぎ合わせると、村人たちは皆、フミさんの身を飾るきらきらしたものなんかを女に贈りたくて、お金がほしくて、いろんな話をしていたみたいだったから。

美しく着飾ったフミさんが話す。

「だからしばらくは行商に出なくてもいいし、時間があるから、あなたたちの教育にまわせるわ。——それとも、嫌かしら？」

そんなことはない。

どうせ、何がしたいなんてこと、僕にはないんだし。

「私は……それは、勉強できるなら嬉しいですけど……」

アイが口ごもる。

「それなら決まりね」とフミさんが決定した。

すこしずつ、すこしずつ。

僕とアイは集落に慣れていく。

フミさんは最初に言った通り、たくさんのことを僕たちに教えてくれた。

特に僕は喋りかたを徹底的に直された。

とはいえ、フミさんは工房の〝お得意様〟を回るため、集落を出ることも多い。

フミさんがいない間、僕は向かいに住んでいるユウジさんらに猟を教わることになった。

もっとも最初はアイと一緒に納屋を掃除し、フミさんに家具を譲ってもらったり、マツキさんに新しい家具を作ってもらったりして生活環境をととのえることが先だった。もちろん時には僕とアイも手伝って、二人で食事をとるための机を作ったりもした。大工仕事が得意なフミさんには洋服までもらった。

「せっかく二人とも綺麗な顔立ちなんだから、ちゃんとしなきゃだめよ。普段から綺麗な服を着ないと、いざって時に戸惑っちゃうでしょう?」

いざって時なんてきっと無い。そう慌てて断ったアイの言葉をフミさんは聞かなかった。

夜になれば僕とアイにひらひらとした服を着せて、「双子のお人形さんみたい」と喜んだ。

次第に、フミさんが楽しければ良いか、と、僕たちも納得することにした。

それにアイはたしかに綺麗だから、綺麗な服がよく似合っていた。

皆に褒められるアイを見ていると、なんだか誇らしくさえなった。

すこしずつ、すこしずつ。

着実に、確実に。

僕とアイは集落での生活に慣れてくる。

僕はかなりなめらかに喋れるようになった。

知ってる単語も増えた（意味は分かっていないことが多いけど）。

アイは楽しそうだ。

集落の手伝いをして、食べるものをもらえることが、本当に楽しそうだ。

カンカンカン、と鍋を杓子で叩く音がする。

「リクー、お昼ご飯だよー!!」

前掛けをしたアイが、満面の笑みで声を張り上げていた。

背後にあるかまどからは、良い匂いの湯気があがっていく。

「リク、奥さんが呼んでるぞー」

「おまえら本当仲いいなぁ」

「あ、ちょっとリク、この芋も持っていってアイに食べさせてあげなさいな！」

押しの強いフミさんに、大量の芋を渡される。

こんなに二人で食べられるのかな。

同じことを思ったのか、フミさんのとなりにいた男性――マツキさんが「多くないか？」とフミさんに尋ねた。

「馬鹿ね、アイはまだちょっと細すぎるわ。そりゃ太すぎるより良いけど、やっぱりそろそろ女らしい体にならなきゃ」

「なるほどねぇ、俺はあのままでも十分だと思うけど」

「あんたはまだ若いからそう思うのよ。もっと勉強しなさいな。ねえリク？」

聞かれても、僕にはよく分からない。

まぁ食べきれなければ他の人を〝家〟に招待して一緒に食べれば良い話だ。

僕が芋をもらったのが見えたらしいアイが、フミさんに「ありがとうございます！」と頭を下げていた。

「アイ、お待たせ」

「今日の猟はどうだった？　弓の扱いはうまくなった？」

「獲物は獲れなかったけど、フミさんに芋をもらったよ」

「それは見てたってば」

くすくすとアイが笑う。

「じゃあごはんにしよ！　ほらリク、手を洗ってきて」

「うん、ありがとう」

アイに急かされ水瓶に行こうとして、思い出す。

忘れるところだった。

「アイ、ただいま」

ふりかえって告げた僕に、アイが満面の笑みをこぼす。

「おかえり、リク」

ただいまと、おかえりの挨拶。そんなものも、あたりまえになった。


深夜、ふいに目が覚める。となりの寝台にはアイがいた。

「……リク」

アイの瞳が濡れている。

二人で夜を過ごすようになってから知った。アイは夜中、泣きながら目覚めることがある。

「また、夢を見たの？」

尋ねると、うなずく。

「……お父さんに、ぶたれるの。おまえなんか忌み子だって。なんで生きてるんだ、って。なんで早く死なないんだって……」

怯えきった震える声。

頰を濡らす涙。

「アイ――」

僕はアイの手をにぎる。

熱を伝えるように。

ぬくもりが、君に届くように。

「リクは、そばにいてくれる？　私が生きてても、許してくれる？　私を、許してくれる？」

確認するように問うアイの言葉。

その一つ一つに僕はうなずく。

「そばにいるよ。僕はアイがなんだって、ずっとそばにいるって約束するよ」

アイが昔、僕にしてくれた約束と同じ言葉をくりかえす。

「だめ、きっと許されない、そんなこと許されない。誰にも許されない――……」

アイの嗚咽が、暗い部屋にひびく。

「そんなことないよ。きっと大丈夫だよ」

僕はアイの恐怖がよく分からなくて、でもそばにいることしかできないから。

ただただ、アイの手を握りしめる。

「ひとりで生きるのは嫌。ひとりで死ぬのはもっと嫌。死んで皆に喜ばれるのは、つらい。かなしい。さみしい。……つらい」

アイは翌朝にはこの会話をいつも覚えていない。

寝言みたいなものなんだと思う。

父親からうけた暴力を何度も夢に見るアイを見ていると、僕もいつも苦しくなる。

「私が死んでも、きっと誰も泣いてくれない。気付いてもくれない。それが寂しい。そんなのは寂しいの――」

「僕が泣くよ。アイがいなくなれば僕がつらいよ。僕はずっとアイのために生きるよ」

くりかえす。

何度も何度も、アイが泣きつかれて眠ってしまうまで。

「リク……」

おねがい、と、アイが唇だけでつむぐ。

「　　を、　　して――……」

聞こえない言葉。聞きとれない願い。

アイ。
君の願いは、なんなんだろう。
僕はそれをいつか、叶えてあげられるのかな。

すこしずつ、すこしずつ。
着実に、確実に。
ゆっくりと、しっかりと。
僕たちは集落での二人の生活に慣れていく。
進んで、いく。

怖(こわ)くても、寂しくても、つらくても。
それでも僕らは二人だ。
ひとりじゃなくて、二人だ。

アイの手をにぎる。
――――温かかった。

2・九度目の夢

「――ねぇ、どうしてマキちゃんのところに来ないの？　もう、すぐ近くなのに」

ひさしぶりにマキちゃんの夢だ。

「ふるいおうちにいるマキちゃんを見つけてよ。マキちゃんがいる【箱】に願って」

マキちゃんが、一歩、近づいてきた。

ゆらり。

まわりの闇が揺れ、紫紺の燐光が雪のようにこぼれる。

「マキちゃんはリクの願いをなんだって叶えてあげられるのに」

なんだって、か。

都市の軍人の言葉を思い出す。

『かつて世界を襲った【災厄】の源。どんな願いも叶えてくれる神のような存在。そんなものが、本当に在るのでしょうか？　自分にはとても信じられません』

『一生関わらず、忘れて生きるべきだね。

――願いを叶えて不幸を撒く【願いを叶える装置】なんて』

目のまえのマキちゃんを見ると、彼女は不思議そうに小首を傾げた。

マキちゃんは彼らの話していた【願いを叶える装置】と関係があるのかもしれない。

マキちゃんの言うとおりの場所に行けば、僕はどんな願いも叶えられるのかもしれない。

――――でも。

「叶えたい願いなんて無いよ。願いなんて、僕には無い」

マキちゃんの問いに、初めてしっかりと返答をした。

マキちゃんが両目を瞬かせる。

「願いを叶えたくないの？　幸せになりたくないの？」

再度問うてきたマキちゃんの目を見つめ返した。

「……前の僕は、幸せなんて分からないから、願いたいことも分からなかった」

〝僕には幸せが何か分からない。欲しいものなんて何も無い。何も〟

そう思っていたのは事実だ。

「でも、今なら分かるよ。アイといる今以上の幸せなんて僕は知らないし要らない。知りたいとも思わない。マキちゃんがどれだけ万能の神様だったとしても、僕は欲しいものが無いんだ。……僕が欲しいものは、今、この手の中に全部あるから」

平和な日常。安全な居場所。人の役に立てる仕事。親切な隣人たち。そして――

――たったひとりの大切な、アイ。

アイが、いる。

「だから何もいらない。ほしくない。願いなんて、一つもない。何も」

きっぱりと告げた僕の言葉に、マキちゃんは眉を寄せた。

「つまり……リクにはマキちゃんはいらないってこと？」

傷ついた瞳でマキちゃんが問う。

その通りだ。

何も言わない僕の答えを察したのか、マキちゃんが一層悲しげな顔をする。

「……マキちゃんが願いを叶えられるのは、今はリクだけなのに――……」

紫紺の燐光がくるくると廻る。

螺旋を描く光とともに、マキちゃんの姿が消えた。

あとにはもう、闇しか残らない。

「――――っ」

飛び起きる。

朝の光のなかだった。

当然、そこにマキちゃんはいない。

窓からの日光をうける自分たちで作った飾り棚。

木の板を渡しただけの寝台。ゆずりうけた少しくたびれた布団。

つぎはぎがあるけど清潔な敷布に顔をこすりつけ、となりで寝ているのはアイだ。

「リク……？……今日は早いんだね」

まどろむアイの声。幸福感が全身を満たす。

そうだ。僕の考えは正しい。

たとえマキちゃんが神様のような【願いを叶える装置】だったとしても、今以上の幸せなんて、アイ以外の誰にも与えられない。

アイだけが、僕の幸せで。

アイと一緒にいることが、僕の幸福なんだから。

まぶしいくらいの朝日のなか、アイが幸せそうな顔で笑う。

「ねぇリク、実はね、私、昨日フミさんに首飾りをもらったの」

「首飾り？」

知らなかった。

「リクにつけてもらいなさい、って」

アイが枕の下からさしだしたのは、小さな金の鎖だ。

しゃらしゃらと、耳あたりの良い鈴のような音がする。

「僕が？　うん、じゃあ……」

言われるままに、僕はアイの首に飾りをつける。

白い首筋に金色が映えて、なんだか目に痛い。

……どきどきする。

「あの、どうして僕がつけるんだろう？」

なんだか、そわそわする。僕がアイにあげたものでもないのに。

アイが銀色の睫毛を揺らして、照れ臭そうに微笑んだ。

「リクにつけてもらったほうが、大人の女の人に近づけるんだって」

「大人の女の人？」

それってフミさんみたいな人のことかな。

美人で、気品があって、賢くて。

そして優しい、女の人。

まるで――

「――ねえリク、私達におかあさんがいたら、フミさんみたいなのかな？」

アイが頬を赤く染めながら言った。

おかあさん。

僕にもアイにも、縁のなかった存在。

……そうかもしれない。

首飾りをつけおえた僕は、アイの髪に手をのばす。

そっと、アイにさえ気づかれないように。

朝の白い光にうかぶ、アイの幸せそうな顔。

きっともう、あの赤い景色を、夕景のなかの母親と子供を想うことはない。

爪を噛む癖は、いつのまにか無くなっていた。

3・追手

パチパチ……と、薪が火に爆ぜる。

広い荒野のただなか。

暗い闇をやりすごすように点々と灯された焚火は、クロエ率いる軍隊の夜営の炎だ。

不寝番に「ご苦労」と敬礼をし、クロエは焚火の前に座った。

「中佐、まだお休みにならないのですか」

「さっきまで都市と通信しててね。小言の嵐さ」

きっちりと制服を着こんだ部下にクロエが苦笑する。

「……いまの我々は命令に逆らっているのと同じです。当然の結果でしょう」

部下が、ぐっと息を呑んでクロエに問いかけた。

「なぜあの少年、リクを確保しないのです？　都市は彼を再び檻に入れたがっているはずです。リクの正体を知った自分も、それが至当かと思います」

「至当か。たしかにね――」

手持ち無沙汰なのか、クロエが愛用の銃をいじる。

部下は「はい」と神妙にうなずいた。

「我々はリクを追って今もなおこの荒野にいます。リクを捕獲し、死ぬまで監禁するために。我々に出された命令が撤回されることはないでしょう」

無言のクロエに、部下は続ける。

「ということは、リクを確保しないかぎり、我々は都市に帰還できないということです。こんな〝リクを探しているふり〟などを続けて中佐が上層部に注意を受けるより、早くあの集落に行ってしまえば——」

「リクを箱の中で死なせたくない。そう言ったら、あんたはあたしを軽蔑するかい？」

「!!」

遮って告げられた言葉に、部下が絶句した。

クロエの漆黒の双眸が、部下に向けられる。

「あたしが生まれたのは都市の地下だ。都市の中にあるのに、荒野より劣悪な環境って言われてる。どいつもこいつも毎日飢えてて安い賃金で働かされて。死んだって都市は見向きもしないゴミためみたいな場所。だからこそ———」

続きを待つ部下に、クロエの声が低くなった。

「あたしは誰も死なせないため、軍隊に入った」

「中佐——」

真剣な表情で告げられ、部下は息をつまらせる。

「人を殺すのはいいよ。自分がやることだから責任も覚悟も持てる。でも人が死ぬのは嫌いだね。自分の無力さを思い知らされる。だから……リクを監禁して、早く死ねばいいなんて思うようになるのは嫌なんだ。ましてや――」

クロエの夜色の瞳が、舞いあがる火の粉を追う。

「あたしとおなじような環境で育ってきた子供なら、なおさら」

「――っ」

部下が見えないように歯噛みする。そんなことで、と。

クロエが耳ざとく聞きつけた。

「分かってる。たかがひとりの子供なんて、世界の人間すべてに代えることはできない。するつもりもない。多数と一人を選ぶなら、迷わず一人を殺すさ。――命令に、背くつもりも無い」

「なら中佐は、今は誰も殺す必要が無いから殺さない、と？」

「そう。リクを監視する必要はある。でも……殺す必要はないと判断してる」

頼むから、と、クロエは心の中でつぶやく。

「――リク、あたしにあんたを殺させないでくれ――……」

祈るように縋るように、つぶやいた。

「ナツヒコの願いはちゃんと叶ってるよ。だって、ナツヒコだけは平穏に暮らせているんでしょ？　死んじゃったりしてないよね？　だったら、正常。ナツヒコ以外の人が不幸な目に遭っても、ナツヒコには関係ないものね」

ニコニコと朗らかに笑う、マキちゃん。

「君は、本当に……」

冗談では、ないのかもしれない。

マキちゃんは、本当に神様なんじゃないのか。

マキちゃんは神様で、神様は一人で完璧な存在。だから、自分以外の何かが大切だという考え方を、まるっきり理解できない。

他人の大切さが、マキちゃんにはわからないんだ。

マキちゃんはたったひとりのカミサマだけど、みんなは同じ彼の子孫でしょ？

だからマキちゃんは、同じみんなの願いを、同じように叶えてあげるね。

第5章 PANDORA VOXX
願いを叶える装置

1・知らなかった事実

「そろそろ、工房のお手伝いはできませんか？」

僕がフミさんに聞いたのは、集落に来て、ずいぶん経ったころだった。

毎日毎日、ほとんどフミさんや集落のひとたちの厚意で食事をさせてもらっていることに気が引けたのだ。

街に行って帰ってきたばかりのフミさんは、一瞬、驚いた顔をしてから考えこんだ。

「そうねぇ……たしかにそろそろ、買い注文が入ってきてるのよね」

独り言をつぶやく。

フミさんの切れ長の瞳が、僕の周囲を見わたした。

「アイは？　いつも一緒じゃないの？」

「ああ、最近、僕が猟を教わってるあいだ、アイは家にいるんです」

「なるほどね——……」

あれ？

なんだかフミさんの瞳が鋭くなった？

「——なら、リク。あなたに買い出しに行ってもらおうかしら？」

なんだ、いつも通りのフミさんだ。

ほっと息をつく。

「はい、喜んで行かせてもらいます。となりの村ですか？」

「いいえ、すこし遠いところ。ちゃんと地図を描いてあげるから安心なさいな。水も食料も、予定表も書いてあげる。絶対に予定どおりに進んでね。でないと何かあったとき、探しにいけなくなるでしょう？」

なるほど。さすがフミさんはよく考えてくれている。

「わかりました。じゃあ宜しくお願いします。アイは――」

「アイのことは心配しなくても大丈夫よ。わたしたちが見ているんだから、安心でしょ？」

それもそうだ。

僕と二人でいるより、フミさんたちに集落で守られていたほうが安全だろう。

アイにもそう話して、集落を出る。

「……無事で、帰って来てね。待ってるから」

出かけぎわ、アイが不安げに声をかけた。

ほんの数日だ。もうかなり長い間そばにいたんだ。アイだって、きっと集落に慣れたはずだ。

ああでもやっぱり、できるかぎり早く、でも正確に買い出しを済ませて、フミさんやアイを驚かせてあげよう。

そんな風に思いながら街に行こうとした途中だった。

「村が消えた……？」

「違いますよー、村人が全員消えたんですよー」

途中で出会った隊商の一人が、にこにこと笑顔で世間話をする。

「大火事があったと思ったら、翌朝には村人全員、消えちゃったんですってー」

「消えた……」

商人にとっては他愛もない噂なのだろう。休憩用の塩を舐めながら続ける。

「なんかですねー、もともと変な噂のたえない村だったらしいですよー？　水にも食料にも困ってないとか、鬼がいるとか」

「――！」

息を吞んだ僕に、商人は「嘘としか思えないでしょー？」と笑う。

まったく本気にしていないらしい。

けれど、僕は知っている。

『――――大罪の忌み子め』

『この村、私が見た村のなかでも特に小さい村なのに、水や食べ物に困ってる感じはないよね。すごく不思議』

『それが、村が大火事なんだ！』

水にも食料にも困っていない、鬼がいた村。

そして火事があった村を。

「まぁ火事の前には軍隊がその村に向かったたって話なんかもありましてねー。怖いでしょー？　しかも噂ではですねー……、……特秘任務をおこなう、あの特務部隊らしいですよ！」

生来話好きな性格なのか、それとも商人としての癖なのか、男の喋り口は止まらない。

「ですからねー、あの村は何か大きな問題を起こして、特務部隊に皆殺しにされたんじゃないかって、もっぱらの噂なんですよー。街に行くなら、この話を知ってたほうが絶対に盛り上がりますよー！」

にこにこ、にこにこ。

商人の笑顔に悪意は全く無く、僕は余計に混乱してくる。

「……その、それってどこにある村ですか？」

震えそうになる声を隠して問えば、商人は「近くはないですよー」と笑った。

「ええと、朝日の方向ですかねー。じつはわたくしも噂で聞いただけなんですけど」

朝日がのぼる方向。夕暮れと正反対の。

……まちがいない。

僕がいた村のことだ。

僕とアイは、夕暮れに向かってここに来たのだから。

ごくり、と喉を鳴らす。

あら、そんなに怖かったですかー？　と商人ののんきな声が聞こえた。

「顔色が悪いですよー。怖い話は苦手でしたか、女の子には受けるんですけどねー」

商人の話を無視して尋ねる。

「その……軍隊は、その後どこにいったのかとか、知りませんか？」

「……軍隊の行方が気になるんですかい？」

商人の口調が変わった。

まなざしも、罪人を見る目つきだ。

怪しまれてはいけない。慌ててとりつくろう。

「じ、実は僕、軍隊に憧れてるんです！　いちど見たことがあって……っ」

「あらー、偏った趣味ですねー。でも分かりますよー」

商人の口調が戻る。だが瞳は笑っていない。

「どうですかねー。わたくしは知りませんけど、特務部隊が都市に帰還したって話は聞きませんねー。……言っときますけど、うちの隊商は用心棒が大勢いますぜ。さっきだって性質の悪い人買いどもを撫で斬って――」

「そうですか、ありがとう、じゃあ気を付けて」

商人の脅しなんか聞いているばあいじゃない。

別に僕は隊商を襲う強盗ではないのだ。

「え、ちょっと？」と毒気を抜かれた商人を放っておいて、急いで立ち上がる。

早足で向かう先は街じゃない。来たばかりの集落の方向だ。

僕がいた村の村人たちが軍人に殺されたのだとしたら。

――次は、僕かもしれない。

分からないからこそ、アイに相談するため僕は来た道を引き返した。

荒野を歩きながら、僕はこれまでのことをあらためて整理する。

集落に来るまでは逃げるのに精一杯だったし、集落に来てからはあえて考えないようにしていたが、一度きちんと考えてみるべきだと思ったのだ。

そもそもなぜ僕は、あの部屋に閉じこめられていたんだろうか？


ざっ、ざっ、ざっ。

足が、粗い砂を蹴る。


【大罪の忌み子】。

そう呼ばれていたが、どういう意味なんだろう？

もし軍人の話していた【願いを叶える装置】と、夢に現れる【マキちゃん】とが関係しているのなら、【忌み子】とはマキちゃんに関わることなのだろうか？


ざっ、ざっ、ざっ、ざっ。

今日も空が蒼い。太陽はまだ一番高いところにまで行っていない。

集落を出てから、あまり時間は経っていない。

焦る心をそのままに足を進める。

軍人の目的は何なんだろう？
僕を追ってきているんだろうか？

たっ、たっ、たっ、たっ、たっ。
舗装(ほそう)された道に入る。もうすぐ集落だ。

村人は大火事以来、消えたのだという。
軍人に殺されたのか、あるいはどこかに連れて行かれたのか。
村人たちがどうなったかは興味ない。どうでもいい。
何も感じない。
何も。
知りたいのは理由だ。軍人に殺されたとしたら、その理由。
商人は村が何か大きな問題を起こしたのではないかと言っていた。
問題ってなんだろう？

たっ、たっ、たっ。

集落はもう見えている。見知らぬ馬車が見えた。客だろうか、珍しい。
フミさんは買い出しをしてこなかった僕を叱るだろうか？
いや、きっと優しい彼女なら理由を聞けば許してくれるはずだ。
まずはアイの待っている家に帰ろう。
そして話し合おう。

軍人は僕を探しているだろうか。
軍人は僕を殺しに来るだろうか。
それとも、もっと別のなにかがあるだろうか。

たっ、たっ、たっ……。……がちゃり。

扉を開ける。

「――っ、――っ」
くぐもった声。アイ？

会話が聞こえる。

フミさんと、知らない男の声。

「いかがですか？　わたくしが丁寧に育て上げた逸品ですわよ」

「なるほど、美しいのう。さすが、フミどのの見立ては一級だ」

「礼儀作法も基礎学力も鍛えておりますので……」

「ふむ。どのようにも使えるというわけか」

「ええ、長官さま」

フミさんが誇らしげにうなずく。

「こ、れ、の名前はアイといいますの」

――――え？

「こ、れ、をいまなら特別にお安くお譲りいたしますわ」

布を嚙まされ、縛られたアイが、そこにいた。

２．【工房】の意味

僕とアイが二人で作った椅子(いす)。

そこに縛られているのは、まちがいなくアイだった。

ひらひらとした綺麗(きれい)な服を着て。

しゃらしゃらと音が鳴りそうなきらびやかな飾(かざ)りをつけて。

アイが。

縛られている。


知らない年老いた男に見定められている。

なんなんだ、これは？


「リク、どうして――」

部屋の奥に座っていたフミさんが立ち上がった。

僕を受けいれてくれた、優しいフミさんが。

「あいつらに襲うよう言ったのに、どうして……！　まさか、こんな上玉をいらないとでも言う気なのかしら——!?」

あいつら？

それはもしかして商人が、用心棒が撫で斬ったと話していた人買いだろうか？

まさか僕は、売られるところだった？

フミさんに？

そんな馬鹿（ばか）なそんな馬鹿なそんな馬鹿なそんな馬鹿な。

馬鹿な馬鹿な馬鹿な。

ありえない。

こんなことはありえない。

きっときっとありえない。

絶対に。

そんな。

知らない老人が鋭い目を向けてきた。

「なんだ、貴様は？　儂（わし）がこの娘（むすめ）を買う邪魔（じゃま）をする気か。せっかく高値をつけてやろうとしているんだ、久々の上モノだからの——」

「うあああああああああああああ!!」

だんっ！

床を蹴る。

夢中だった。

なにも考えずにナイフを握っていた。

村を出るとき、アイに調達してもらった一振りのナイフ。

使う機会はないだろうと思いつつ、荒野に出るからと持っていたナイフ。

それを。

「ああああああああああああああああ」

老人の背中に、突きたてた。

「うぐおぉぉおっ!?」

ざくっ、ざくっ、ざくっ。

何度も何度も突きたてる。

「ああああああああああああ」

咆哮をあげながら、何度も何度も。

ざくっ、ざくっ、ざくっ、ざくっ。

びしゃっ、びしゃっ、びしゃっ、ぷしゃっ。

どこを刺されれば動けなくなるか、僕はよく知っている。

手慣れたものだ。

一度、されたことがあるんだから。

肉を裂いて骨に突きたてて、刃についた血と脂を肌で拭う。

「ちょ、長官さま!!」

「た、すけ……っ」

ざくっ。

「…………っあ――……」

うめき声さえあげられなくなった老人を蹴り落とす。

椅子に縛られたアイを抱きよせた。

「――アイ、行こう」

「……ひ、ふ、……っ」

ああ、布を噛まされていて話せないんだな。

いや、それよりもきっと、怖かったからだ。

アイの口につけられた布を外してやる。

僕の手についていた血がアイの髪を赤く濡らした。

せっかく綺麗な銀色なのに、もったいない。

「リ、ク……っ」

さるぐつわを外したアイが、かすれた声で僕を呼んだ。

きっと叫び続けたんだろう、声が嗄れている。

早く、アイを綺麗にしにいかなきゃ。

早く、早く、早く。

何が起こったのかなんかろくに把握できないまま、アイの手をとって駆けだそうとする。

「——待ちなさいな！」

さえぎったのは、フミさんだった。

「よくも長官さまをやってくれたわね……っ。上得意だったのに、どうしてくれるの？　あんなに良くしてやったのに、恩を仇で返すとはこのことだわ！」

入口に手をかけた僕に、フミさん——フミが罵声をとばす。

青ざめたアイが、小刻みに震えながら僕の袖をぎゅっと摑んだ。

「そいつはまだ死んでない。その程度じゃ人間は死なないよ。僕はよく知ってる。だいたい——……裏切ったのはあなたじゃないか……！」

フミの気迫に負けずに睨み返す。

フミが鼻を鳴らした。

「裏切ったですって？　冗談じゃない。これはわたしの仕事よ！」

堂々としたしぐさでフミは胸を張る。

「お金のない子や身寄りのない子。でも顔は綺麗な子を、大人の女になるまで養ってあげて綺麗な服を着せてあげて。そしてそういう子を欲しがってる相手を紹介してあげているだけ。あなたたちが食べた芋も肉も、わたしがこうして稼いだお金で買ったものなのよ」

ぺらぺらと喋る厚い唇。きらめく髪飾り。

なにもかもが気持ち悪い。

「最初から……僕を売って、アイをこんなふうに利用するために……？」

「でなきゃ訳ありのあなたたちなんか拾うものですか」

フミが即答した。

「――……っ」

たまらなくなったのだろう、アイが口元を押さえる。

フミは憑き物の落ちたようなすっきりとした顔で続けた。

「むしろ感謝してほしいわ。あなたたちみたいに汚い子供を、高値で売れる綺麗な商品に磨いてあげたのはわたしなのよ！」

商品。

フミにとっては僕らはモノだったのか。

モノ、モノ、モノ。

人間なんかじゃなかった。

モノでしか、なかった。

「あんたたちなんか拾うんじゃなかったわ！　あのとき死んでればよかったのに」

死んでればよかった。

死ねばいいのに。

村人たちと同じだ。

アイの父親と同じだ。

逃げなければ。

ここから、今すぐに。

「――行こう」

フミが集落のひとたちを呼ぶより前に、僕はアイの手を引いて駆けだした。

許せない。

アイをこんな目に遭わせた奴らが。

親切な顔でだます奴らが。

誰も彼も、皆おなじだ。

皆、平気で人をモノあつかいする。

自分より弱いものを虐げて利用することしか考えていない。

村人たちも、アイの父親も、フミたちも。

みんな、みんな、おなじだ。

卑劣で残忍な大人たちの全員が許せない。

走る、走る、走る。

行かなければ。

遠くへ、もっと遠くへ。

早く、早く、早く。

誰にも追いつかれないうちに。

アイの手を引き、荒野を駆けていく。

「ごめん、アイ。本当にごめん……！　もっと早くに戻ってくれば良かった。僕が、ちゃんと気づけば良かった――」

アイはこんなにも綺麗なのだ。そして僕たちはもう子供じゃないのだ。僕も、アイも。

せめて着飾らされる理由に気づくべきだった。

思えばフミは、何度も言っていたじゃないか。

〝肉づきをよく〟〝大人の女みたいに〟〝いざというとき綺麗に〟

工房と言いながら、何を作っているのか教えてくれなかったこともそうだ。

どうして気づかなかったんだろう。

どうして。

「大丈夫、リク、大丈夫だから。何もされてないから……っ」

ふるえる手を押さえつけてアイは言う。

嘘だ。

大丈夫なわけがない。

何もされてなくても、あんな裏切りを受けて平気でいられるはずがない。

「アイ……！」

でも、何も言えなかった。

分かってる、とも、嘘だ、とも。

「大丈夫だから、リク——……！」

だから何も言わないでくれと、アイのふるえる唇が言っているように見えて、何も言えなかった。

「——………っ」

ただ、強く手を握る。

強く強く強く。

決して離さないよう、強く。

アイが嗚咽をこらえるように唇を噛んだ。

うつむいて、ささやく。

「……ごめんね、リク——……」

「アイが謝るようなことは一つもない！」

走りながら、大声で叫んだ。

「アイ、ここじゃないどこかに行こう。もう油断しないし誰にも騙されない。きっとどこかに、僕たちの安住できる土地があるはずだ。――――帰る場所を、二人で作ろう」

「リク……っ」

濡れたアイの瞳に見つめられる。

つないだ手は、かつてアイが引いてくれていた。

だから今度は、僕がアイを引っ張らなければ。

僕が、二人で帰れる居場所を見つけなければ。

どこへ向かえばいいのか。

考えて、思いうかぶ場所は一つしかなかった。

『……マキちゃんは諦めないよ。マキちゃんは待ってるもん。忘れないで、覚えていて。マキちゃんはふるいおうちで待ってるから。誰もいない夕暮れで、ずっと待ってるから。だからきっと会いに来て』

必要なくなったはずだった。

けれど縋るものは他にない。

僕はこの世界のなかであまりに非力で。

でもどうしてもアイを守りたくて。

二人で生きていく居場所が欲しくて。

だから。


「夕暮れに向かおう、アイ。そうすれば、きっと願いを叶えられる」


ぐっと手に力をこめる。

「夕暮れ――？」

驚いたようすのアイの手を握りしめ、一緒に駆けだす。

「夕暮れに向かえば【願いを叶える装置】があるはずなんだ。それさえあれば、僕らは助かる。きっと見つけてみせる。だから、行こう――！」

ずっとずっと西に向かって駆けて。

今まで僕たちが過ごしていた集落のほど近くに、それはあった。

木々よりも遥かに高い建物群。

灰色の固い石でつくられた塔。

ここが、マキちゃんの言う【ふるいおうち】なんだろうか？

たしかに、古い。

何年経っているのか想像もつかないくらいに、古い。

「これ、もしかして前文明の都市……？」

アイがつぶやく。

前文明？　そういえば【都市】は前文明の遺産とか何とか言っていたっけ。

なるほど、ここは古い都市なのかもしれない。

塔の間をすり抜けながら、マキちゃんを探す。

どこに、どこにいるんだ？

ずっと待ってるって言ったじゃないか。

やっと来たのに、どこに。

瓦礫の上を渡り歩く。

砂塵と埃が風に舞いあがる。

「……っ」

いびつに曲がった鉄の線。

粉々にくだけた塔の外壁。

触れれば崩れてしまう、墓標のような柱。

棄てられた街にふさわしいたくさんの跡が月に照らされる。

「リクが探しているのは、どんなかたちのものなの？」

アイの問いに、あたりを見まわしながら答える。

「分からない。人なんだ。マキちゃんっていう女の子で――」

「――それが、【願いを叶える装置】の名前かい？」

低い声が、聞こえた。

3・旧い都市のあった場所で

「……顔を合わせるのは初めてだね。【大罪の忌み子】、リク」

ごうごうと風が吹く。

高い建物の窓に強風が吹きこんで音が鳴る。

女の靴底が砂石のような床を擦った。

「あたしの名はクロエ。都市軍隊、特別任務部所属、中佐だ」

夜闇に溶けそうな黒い軍装が風にはためく。

クロエは髪を左手でかきあげた。

右手には、謎の黒い物体を持っている。

クロエの背後にいる男たちもまた、クロエが持っているものと似たような細長い黒い筒を構えていた。

軍隊だ。

軍隊が、やはり来ていたのだ。

「……僕を、追って来たのか……」

「動くんじゃないよ」

パァン！

軽い破裂音がして、握っていたナイフが折れる。

「！」

「リクっ」

アイの顔がサッと蒼ざめた。

クロエの持っていた黒いものが火を噴いて、僕のナイフを破壊したのだ。

まるで魔法か何かのように。

「これは銃。旧時代の文明の一つだよ。引き金を引くだけで、さっきみたいに銃口から弾が発射できる。頭や心臓を弾で撃ちぬかれれば、一瞬で死ぬ」

淡々としたクロエの説明。

向けられた銃口と破壊されたナイフを見れば、嘘を言っているとは思えない。

「動けば、撃つ」

低い声に、逆らうことができない。

「……目的は何なんだ。どうして僕を、追ってきた」

身じろぎもできないまま問いかける。

「どうして？　聞きたいのはこっちだよ。どうして今さら平和な暮らしを捨てたんだ」

平和な暮らし？

まさかクロエは僕たちが集落で生活していたことを知っていたのか？

「……どうして今さら、【装置】を探したりする」

「なんで、それを」

「馬鹿が……！」

クロエが吐き捨てる。

「【大罪の忌み子】、リク。

あんたが【願いを叶える装置】を求めたりするから、

あたしはあんたをまたあの部屋に戻さなきゃいけない――……っ」

「――!?」

あの部屋。

クロエが言うあの部屋は、僕が育ち、虐げられ続けたあの部屋に違いなかった。

「どう、して……」

呆然と僕はつぶやく。

またあの部屋に戻される？

またあの日々に戻される？

想像しただけで、頭の中が真っ白になった。

クロエは、本気だ。

「そんな……っ」

反論したのはアイだ。

「どうしてリクがあんな目に遭わなきゃいけないの!?　なんのために――」

「あたしたち軍人の目的は、世界の安寧(あんねい)」

冷たい声で、クロエが告げた。

「世界の安寧？　そんなものと僕の監禁(かんきん)とが、どうかかわるって言うんだ」

「あんたが【忌み子】だからだよ、リク」

「っ、また、その言葉か……！」

意味が分からないのに言われ続けている言葉に僕は舌打ちをする。

わけが分からない。忌み子と呼ばれる理由も、だからといって閉じこめられる理由も。

アイがクロエを強くにらみつけた。

「……【忌み子】って、何なの？　リクと世界とが、どう関係するっていうの？　説明されなきゃ納得(なっとく)できない！」

クロエが眉間(みけん)に皺(しわ)を寄せる。あきらめたように、ため息をついた。

「……あたしが知ってることは少ししか無い」

「約百二十年前、旧時代——……この遺跡の街が栄えていたころ、一人のハカセがいた」

ハカセ？

博士のことだろうか、それとも名前か。

同じことをアイも思ったのだろう、「博士——？」とつぶやいている。

クロエがつまらなそうにアイに視線を向けた。

「名前なんか伝わってない。ただのハカセだ。希代の天才と謳われたハカセは、旧時代の突出した機械文明の粋を集結させ、ある装置を作った。それが【願いを叶える装置】さ」

「——！」

【願いを叶える装置】は百二十年も前のものなのか。

クロエの背後に控える軍人たちは知っている物語なのか、驚く気配はない。

「……そんな凄い装置、ありえるの？」

ついさきほど【願いを叶える装置】という言葉をまともに聞いたらしいアイが眉を寄せた。

クロエが首を横に振る。

「詳しい仕組みなんてあたしは知らない。実在さえ知らないんだからね。

とにかく、ハカセは装置を発表した。

世界中が注目した。

たくさんの人が願いをかけに来た。

あたりまえだ。どんな願いでも叶えてくれる機械なんて、あたしだって願いをかける。

……ハカセは一つも断らなかった」

「一つも？」

「そう、一つも」

僕の問いに、クロエがうなずく。

だが、それだとおかしい。

「……一つも断らないなんて、不可能じゃない？　きっと矛盾する願いが出てくる」

アイが指摘した。その通りだ。

だってたとえば、僕がクロエより金持ちになりたいと願ったとして。

そしてクロエが僕より金持ちになりたいと願ったとして。

そうしたら、【願いを叶える装置】はどうするのだろうか？

「ハカセは天才だった。

【願いを叶える装置】は矛盾する願いも全て叶えてしまった。

どんな願いも、なにもかも。

相手を殺したいと憎みあっていた二人は両方死に、
相手に勝ちたいと競いあっていたAとBは、
勝者Aと勝者B、敗者Aと敗者Bに増えた」

「は⁉」

それはつまりさっきの例で言うと、僕より貧乏なクロエと、僕より金持ちなクロエと、二人のクロエが存在することにでもなった、という意味だろうか。

たしかに願いは二人とも叶っているが、それにしたって、無軌道だ。

「金は無限に増え、命も無限に増え、人生も無限に奪われた。人の願いは無限だから、【装置】が叶える現実も、すべて無限になった。研究しか知らない天才ハカセは、人間の願いってやつに期待しすぎてたのさ。まさかそんな混乱が起こるなんて、予想もしてなかった」

アイがハッと息を呑んだ。

「百二十年前って、じゃあまさか、それが【災厄】――⁉」

災厄。

その単語に、僕の肩が揺れる。

以前にアイに聞いた説明を思い出したのだ。

『今から百年以上前、すごい混乱が世界中を襲ったんだって。お金が溢れたり、人間が巨大化したり、洪水が起きたり、天使がやってきたり。世界の終わりみたいになったらしいよ。どうにか一つの船だけが生き残ったの。それが今の都市の元。船に乗ってたのが、今の都市の市民』

「街は滅び、荒野が世界を覆った。

残ったのは船——いまの【都市】に乗った選ばれた人間と、

荒野で生き延びた少数の人間だけだ」

クロエが唇をゆがめる。

「人々は世界が滅びかけたこの事件を【災厄】と呼び、

元凶となる【装置】を作ったハカセを【大罪人】だと罵った」

——え?

大罪?

それって——。

「【願いを叶える装置】を作って、世界に【災厄】を招いた【大罪人】、ハカセ。その血縁が、リク。――……あんただよ」

クロエの両眼が、僕をしっかりと捉えていた。

「リクの先祖が、願いを叶える装置を作ったハカセ？　そんな、夢みたいな話……。だいたい、その話だと悪いのは願いをかけた人たちじゃ――」

「言ってるだろう。あたしは真実なんか知らない。興味もない」

アイの言葉をクロエが切り捨てた。

「分かってるのは、リクが【大罪人】ハカセの血縁だから【忌み子】として扱われたことだけだ」

「――――！」

手足がふるえる。冷たくなる。

悪寒が全身をかけめぐった。

「リクの先祖にあたるハカセの弟は、災厄の直後、【装置】に願いをかけられる存在をハカセの血縁に限定した。【装置】にはハカセの遺伝子が記録されているから識別は簡単さ。

地上にいる全員の遺伝子を走査して発見して、直接脳に語りかけることができると想定されている」

「そ、れは……っ」

マキちゃんが言っていた通りだ。

『マキちゃんが願いを叶えるのは ××× の ×× だけだからね。世界中の人たちの遺伝子を走査して見つけてこうして話しかけてるの。すごいでしょ？』

××× の ××。

あれは、まさか。

――――『ハカセ』の『血縁』？

「【装置】に願いをかけられるのはリクしかいない。けど【装置】は危険なものだ。再び、【災厄】が起こるようなことがあっちゃいけない」

マキちゃんの言葉が脳内をまわる。

『……マキちゃんが願いを叶えられるのは、今はリクだけなのに――――……』

「【都市】はハカセの血縁であるリクをいたずらに刺激しないため、あえて飼い殺しにして、監視し、管理することにした。何も願わないよう、自我が芽生えないよう、社会から隔絶させて」

クロエの言葉に、僕は両目を剝く。

「あえて⁉　ならあそこは——僕のいた村は、僕を閉じこめるためだけの村だったのか⁉」

「あの村は【都市】から水と食料とを与えられていた。リクを監禁することと引き換えに」

「……っ」

となりでアイが息を呑んだのが分かった。

「それで……あの村は小さかったのに誰も飢えてなかったの……？　リクをあんな目に遭わせて、その報酬に……⁉」

そうだったのか。

……そう、だったのか。

僕はフミを思い出した。

女性やアイを利用して生活の糧を得ていたフミ。

僕をいたぶることで都市から報酬を得ていた村人たち。

誰もが己のために他人を利用していた。

おなじ人間を虐げて利益を得ていた。

「――おなじ人間なのに、どうして」

アイが悲痛に漏らす。
どうして、と。
でも僕にはもう分かっている。

僕らはしょせん、モノでしかないからだ。
利用され虐げられ屠られるだけのモノに過ぎないのだ。

昏い世界。
昏い闇夜。
かすかな月明かりがクロエを照らす。
クロエの持つ銃が光る。

「……あんたは何も願わず、自然に死ぬべきだった。でも村人が失敗した。都市はあんたが【装置】に願いをかけることを恐れて、あたしに捕縛命令を出した。あんたが村を出てからずっと、あたしたちはあんたを追ってた」

知らなかった。だが言われてみれば、思い当たることがある。

村を抜け出した日の夜、村で大火事があったという夜。

崖を降りていったとき、初めてクロエを見た。

あのときはただ軍人としか知らなかったが、クロエが僕を見たような気がしたのだ。

気のせいじゃなかった。

クロエは、僕に気づいていたのか。

「……気づいていて、追っていて、どうして僕を捕まえなかったんだ。どうして今さら」

「あんたがただあの集落で平穏に生きていくなら見逃したいと思ってた」

間髪を容れずにクロエが応える。

「――でも、あんたは集落を抜け出した」

「っ」

告げられた内容にアイがこぶしを握りしめた。

「私の、せいで」

「違う」

小さなつぶやきを、小声で否定する。

僕たちの会話を気にせず、クロエが近づいてくる。

「……この【旧都市】に【装置】があることは都市でも議論されていた。正確な場所が分からなかっただけで」

コツ、コツ、コツ……。

小気味の良い靴音が固い石床に響く。

「リク、あんたが【願いを叶える装置】を使う気なら、許すわけにはいかない。あたしたち軍人はそんな危険性を見過ごすわけにはいかない」

クロエとの距離が近くなる。

銃を構えたまま、クロエが宣告する。

「これはあたしの親切心だ。——リク、おとなしく降伏しろ。でなければ——」

ぐんっ！

クロエが急に距離を詰めた。

「な——」

とっさにアイを庇おうとする。

だが間に合わない。

ほんの、刹那。

数瞬にも満たない時間で、すべては決まっていた。

クロエの手が矢のように伸びてアイの顎をつかむ。

庇おうとした僕の腕をすりぬけるように、勢いをつけて押し倒す。

「遅いよ――」

「っ！」

素早く、そして圧倒的な力で。

だん!!

アイの体が、床に叩きつけられた。

クロエがアイの上に馬乗りになっている。

衝撃が床を揺らすと同時に、金属的な音がした。

「――――降伏しなければ、この少女の命は無い!!」

「！」

がちり。

床に倒されたアイの額に、クロエの銃口が当てられていた。

「アイをはなせ!!」

つかみかかる。

クロエが苛立たしげに眉を寄せる。

「動くなって言ったはずだよ」

　――パン！

　発射音。

「っ⁉」

　鼓膜が破れたかと思った。

　あまりに大きな音がしたから。

　でも違った。

「あ、耳、が……っ」

　迸る血飛沫。

　濡れる頰。

　赤い色が散る。

　視界に飛散する。

「ひ、リ、リク――……！」

　アイが叫んだ。

　――耳が、撃たれた。

「……っ！」

「次は左耳を撃つよ。両耳がつぶれちゃ不便なはずだ」

銃を構えながら、クロエは言う。四肢はアイを押さえつけたままだ。

クロエとアイの体格にそれほど差はない。

むしろアイの方が背は高いので、体重だけならたいして変わらないだろう。

なのにクロエは足で、肘で、手で。

アイの動きを完全に封じている。

どこを押さえこめば人間は動けなくなるか、熟知している動きだった。

だが、そんなことで屈するわけにはいかない。

「……っ」

「無駄な抵抗はよしな」

「……アイを、はなせ……！」

柄だけになったナイフを振り上げて駆けだす。

「やめて、リク！」

アイが悲鳴をあげた。

打ち消すように雄叫びをあげる。

「はなせ――――！」

駆ける。

ナイフを振り回す。

クロエめがけて振り下ろす。

「中佐ッ」

「手を出すな！」

長い銃を発射しようとした部下にクロエが素早く怒鳴る。

部下は身体を跳ねさせ、動きを止めた。

「――――っ」

ぶんっ！

ナイフが空を斬る。

「無駄だよ」

銃が連射される。

「っ、ぁ……！」

ばすっ、ばすっ、ばすっ、ばすっ。

貫通する。

ナイフを持っていた右手首を。

振りあげていた右腕付け根を。

駆けていた足首を。

もう一方の足首まで。

「リク――――!!」
銃弾が僕の体に穴を開けていく。
衝撃に身体が躍った。躍らされた。
だが僕は止まらない。
腱を撃たれたのか、力が入らず立てなくなった両足首を無視して、膝立ちで走る。
鈍い動きだが、ここまで近づけばクロエは間近だ。

「アイを、はなせぇえええええ!!」

「まだ、向かって来るのか……!」
クロエは銃を撃たない。
やっぱり、と思った。
銃には弾がある。
ならその弾は無限ではないだろう。
クロエの銃に込められていた弾丸は六発だったようだ。
使いものにならない右手ではなく、左手でクロエの顎を掴みにかかる。
ちょうどクロエがアイをそうやって押し倒したように。

クロエの顔に、手を――

「――……無駄だって、言ったろう」

ざんッ!!

赤い閃光に、貫かれた。

「いやあああ、リク、リク、リク――!!」
アイが泣き叫ぶ。
どうしてアイがあんなに泣いているのか分からない。
目のまえに真紅が舞う。
これは誰の血だ?

僕の、血だ。

クロエの手にあるのは刀。

鮮血に彩られた鈍い光を放つ刃。
ああ、あれに、腕を斬られたのか。

地面に散った赤が、花びらに見えた。
宙を舞う。ひらめく。ほとばしる。
いくつもの華。
無数の花弁。
夕暮れよりももっと赤い。
なによりも赫い、真紅のいろ。

綺麗だと思った。
まるで昔、あの檻のような部屋にいたときのように。
あのときは部屋ごと赤くなれば綺麗になるかと思った。
でも今は。
アイの髪に飾ったら、綺麗になるだろうか。
アイは何で飾っても、きっと綺麗だから。

「リク、嫌だ、リク、リク……っ。ごめんなさい、私のせいでごめんなさい――……!」

泣いている。

アイが泣いている。

慰めたいのに、何もできない。

膝でしか立てなくて、これ以上近づけない。

襲いかかった僕を斬るためアイの上から退いたクロエが、立って刀を構えた。

「――諦めな、リク。あんたを収監する」

クロエの感情を消した声が聞こえる。

クロエの姿には少しも変化が無い。

とっさに血を避けたのだろう。

その証拠に、クロエの下にいたアイだけでなく、クロエの背後にある柱の残骸にまで赤い花が散っている。

綺麗。とても綺麗だ。

「分かったろう？　あたしはこの子を離さない。この子がいるかぎり、リク、あんたはあたしに逆らえないはずだ。おとなしく檻に戻ってもらうよ」

「リク――……！」

アイが泣いている。

「私がいるから、私のせいでリクは戻されるの？　そんなの、そんなの――……っ」

結局、かなわないのか。

なにもかも、かなわないのか。

僕にできることなんて、一つとしてないのか。

力ずくで押さえつけてくる奴らに、這(は)いつくばらされるだけなのか。

虐げられ、利用され、屠られるだけなのか。

僕は。

「リク……っ」

アイが、何かを決意したように僕の名を呼んだ。

「アイ……？」

あまりにも圧倒的で。

あまりにも差がありすぎて。
あまりにも何もかなわなくて。
ぼんやりとしてしまった僕に、アイが微笑みかけた。

ふわり。

いつかも見た笑顔を、アイは見せた。

「え……？」

「リク、ごめんね。最後まで私、自分勝手でごめん。汚くて狡くて、ごめん。
でもやっぱり耐えられない。
リクと離ればなれになることが、耐えられない」

なんのことだ？　どういう意味だ？

「私にとって、死ぬってことはリクのそばにいられないってこと。
リクから離されるってことは、死ぬってこと。

——我儘（わがまま）だけど、それでも」

それでも、と、アイは言う。

「……私、もう一人は嫌なの——……！」

涙（なみだ）を流してはいない。

晴れ晴れとした顔で、アイは告げた。

「たくさんの幸せをありがとう、たくさんの自由をありがとう」

涙にぬれていたとは思えない、強い、凛（りん）とした視線でアイは言う。

なんのこと？

問いたいのに、問えない。

まるで舌がないと信じていたころのように、喉が動いてくれない。

「ずっと死だけが解放だと思ってた。でもリクは私を気遣（きづか）ってくれた。

本当の優しさを、あたえてくれた。

……いつも、そばにいてくれた」

クロエがアイを警戒し、刀を構えたままゆっくりと近づく。

「前にも言ったよね。……やっぱり私は、リクがいなくなることが一番怖いから」

だから、とアイは言う。

「――――生きて。そして、幸せになって」


このうえなく幸福そうな笑みを浮かべて。

そしてアイは、クロエの刀に手を伸ばした。

「！　何を――」

クロエの刀。その刀身をアイは素手で掴み、奪いとる。

「アイ⁉」

「中佐！」

クロエが刀を奪われたのを見て、ずっと黙っていた軍人のひとりが叫んだ。

同時に。

重い銃声が響いた。

弾丸が跳ねる。

赤い色が舞う。

ゆっくりとアイの体が沈(しず)みこんでいくのが見えた。

「あ…………」

消えていく。

アイの瞳から、光が。

散っていく。

アイの体から、赤が。

一瞬かもしれない。

永遠にも思えた。

ゆっくり、ゆっくり。

アイの首で金色の鎖が揺れる。

しゃらしゃらと、鈴のような音がした。

銀色の髪がなびく。

一本一本まで綺麗に見えた。

少しずつ昇ってくる朝日に照らされて。

なにもかもが、綺麗な、アイ。

「馬鹿、なぜ射撃を行った！」

クロエが慌てた声で怒鳴る。

「中佐の御身が危険と思い――」

「刺激を与えるなと言ったろう……っ。くそっ、もう猶予はないか」

通信班！　と呼びつけた。

「緊急事態と判断、これより目標、リクの殺害を考慮に入れた捕獲を開始。一切の戦闘能力を奪う。―
――都市のやつらに警告しろ！」

早口で告げて、クロエは刀をかまえる。

僕はアイに手を伸ばす。

「アイ――……」

足首を撃たれたため膝立ちしかできなくなった体でにじりよる。

これじゃアイに近づけない。

アイの手を握れない。

離さないと約束したのに。

「リク、もうよせ……！」

クロエが跳ぶ。

背後がとられる。

あと少し、あと少しだ。

数歩先に、血まみれになったアイのなかの、唯一、綺麗に残った顔が見えた。

幸せそうに微笑む、アイの顔が。

触れたい。

近づきたい。

諦めきれなくて、必死に体をよじらせる。
血飛沫のとんだ柱の残骸にぶつかった。
なんて邪魔な柱なんだろう。
ああ。柱が。
こ、わ、れ、る。
こわれる。

「リク……。……——あたしは、あんたの苦しみの全てを理解しているとは言わない。でも、辛かったことは分かる」

クロエが何か言っている。
これほどに斬撃をくりだしていながら、クロエはいまだに血を浴びていない。
にもかかわらず、クロエの瞳にはたしかな苦しみがあった。

——だがそれが、何になる?

「許せとは言わない。あんたはあたしを憎んで良い。その権利がある。
あたしに何の権利もないように。あたしに義務しかないように」

変なことを言う。

僕はクロエを、この人を憎みなんてしない。

そんな気力、僕にはない。

おもわず失笑(しっしょう)がこぼれてしまう。

「――――!!」

クロエが息を呑む音に見あげてみる。

きつく引き結ばれた唇。

ゆがんだ眉。

罪悪感と義務感とに揺れる黒い瞳。

……この人は、悪い人じゃないんだろう。

彼女自身の守りたいもののために、苦渋(くじゅう)の決断をしたんだろう。

――だがそれが、何になる?

「あたしも、あんたと変わりない。おなじなんだ。

あんたの監禁されていた部屋を見て、昔を思い出した。

不潔な場所、ろくに水も食べ物もない暮らし。吐きだすような暴力、蔑んだ目。

そんな毎日なら、あたしもよく知ってる。

きっとあんたほどじゃないだろう。でもそれでも、あたしはあんたを自分に重ねた。

人として扱われない自分を重ねた。

だからできるならあんたに人としての幸せが来ることを願った。

【願いを叶える装置】なんていう偽物のカミサマじゃなく、どこにもいない神に祈った。

あんたがあの屑みたいな村から逃げだせるよう、わざと警備を緩くした。

あんたを探してるふりをして、あんたの集落での生活を見守った。

そのまま見守りつづけようと思った。あんたが――

――【願いを叶える装置】なんか探しに来なければ！」


クロエの昏い過去。僕と似た生い立ち。

僕とこの人は分かりあえたのかもしれない。

もしこの人が軍人でなければ。もし僕が【忌み子】でなければ。

もしこの人たちが、アイを殺さなければ。

――だがそれが、何になる？

たくさんの人が苦しんでいるんだろう。
僕より辛い目に遭っている人もいるんだろう。
多くの人の幸せのために少しの犠牲(ぎせい)は仕方ないんだろう。
それが社会というものなんだろう。

――だがそれが、何になる？

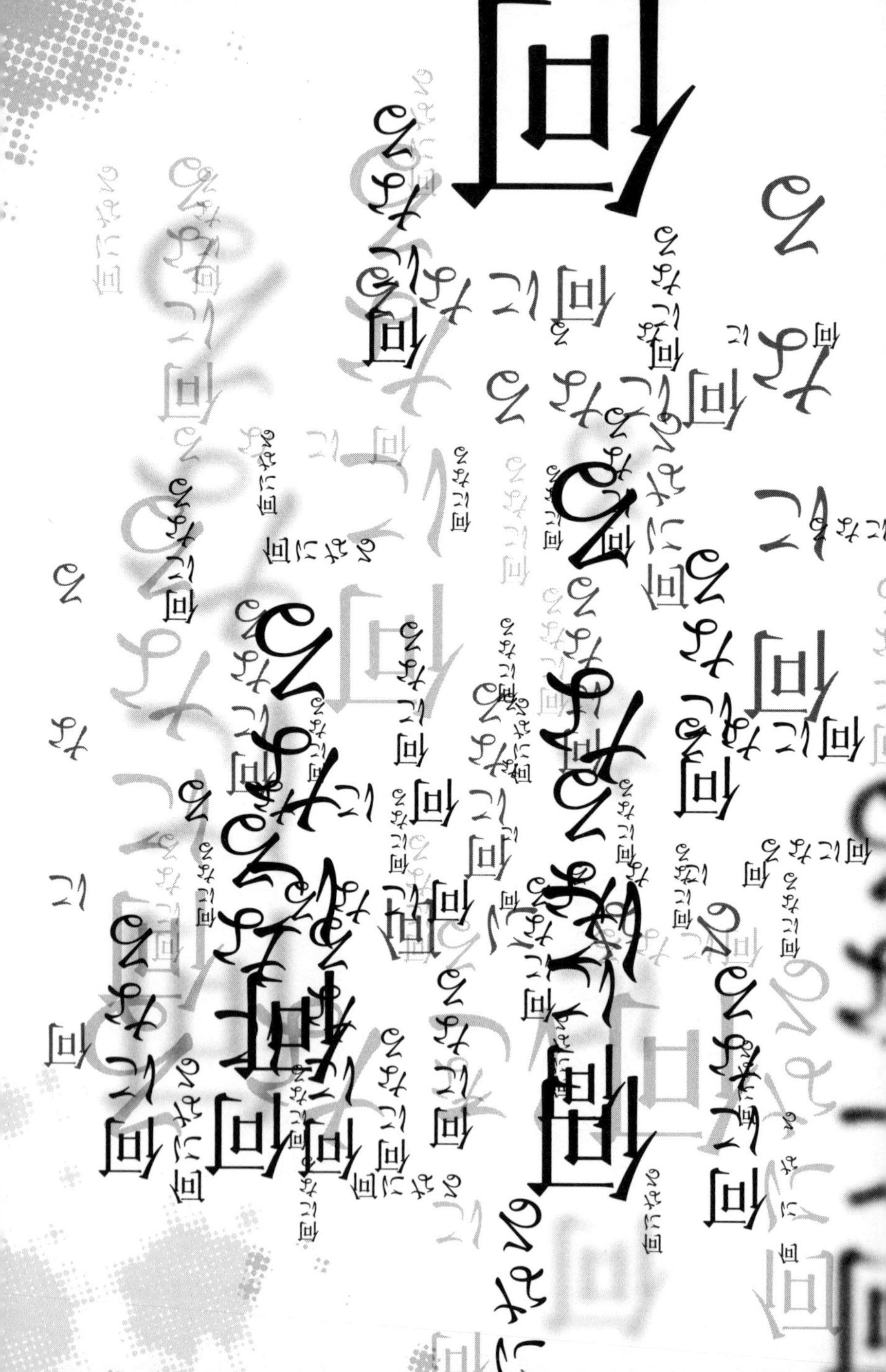

何に　なる？

何も、ない。

何も。

ア イ が い な い

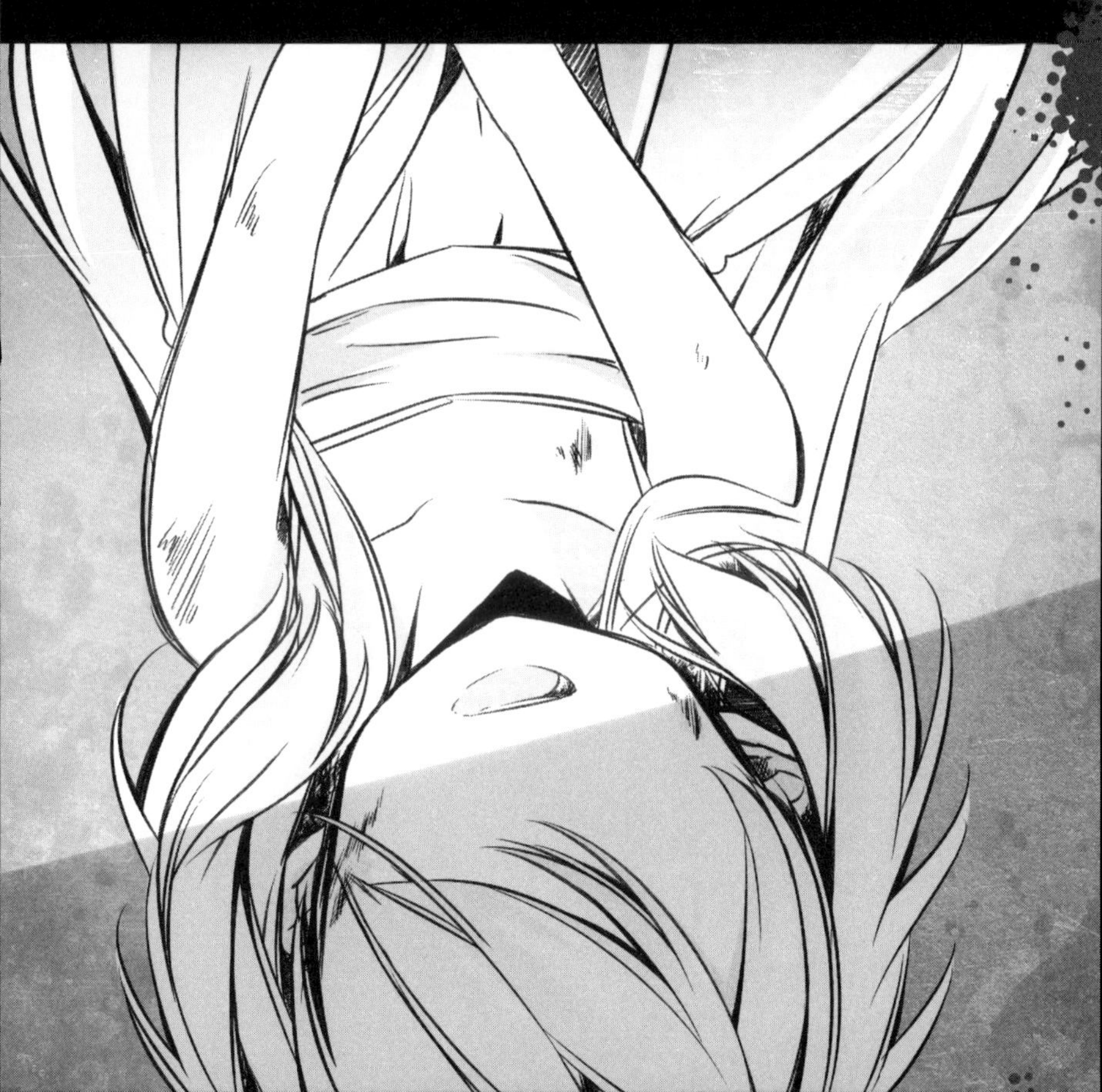

「あははははははははははっ」

自分のものじゃないような笑い声が響いた。

「あんた――……」

クロエが目を剝いて僕を見ている。

「ははは、あはッ、ははははは、は――っ」

笑いすぎて喉がおかしくなった。

咳を挟んで呼吸を落ちつかせる。

「はあ、はあ、はあ……。……ははっ……」

「あんた、なんで」

なんで？

だって笑えるじゃないか。

クロエは、この人は罪悪感なんて覚える必要はない。

僕は誰も恨まない。

クロエもフミも村人も。

僕は何も憎まない。

苦痛も生死も運命も。


ただただただ願うだけ。

ただただただ。

願う。

だけ。


「リク、何を――」

怯えたような顔のクロエに、僕は笑む。

腕は動かせない。

足も動かせない。

動かせるものなんてほとんどない。

けれどさっき。
こわれた柱の中に。
僕は空洞(くうどう)を見つけていた。

僕がぶつかったせいで開いた穴。

そこに光る
一個の

――――箱(VOXX)。

永いあいだ瓦礫に埋もれていたにもかかわらず、淡い光を放つ不思議な箱。
僕はそれに舌をのばす。
自由になるのは舌しかないから。
舌が無いとずっと思っていた嘘をアイが教えてくれたことを思い出しながら。

ああどうか、ああどうか、ああどうか。

僕は願う。
強く願う。
かぎりなく願う。

『――――願いはなぁに？』

マキちゃんの声を思い出す。
ねぇマキちゃん。
もしも君がカミサマならば。
いいや、君が何であっても。

僕が願うことは　たったひとつ。
思うことは　たったひとつ。

みんな、いなくなればいいのにな。

みんな　いなくなれば　いいのにな。

『欲しいもの、ないの？　あるよね？』

かつてマキちゃんは僕にそう尋ねてきた。

でも。

いらない、いらない、僕は何もいらない。

欲しいものなんて、何も無い。

何も。

だって僕は欲しいものは手に入れたのだ。

名前を。

自分を。

アイを。

欲しいとさえ思ったことのない僕が、喪(うしな)いたくないものを見つけた。

誰にも穢(けが)されたくないものを見つけた。

大切なものを、手に入れた。

思い出す。もう忘れたと思っていた言葉。夕焼けのなかの親子の会話。

『……おかあさんのおてて、あたたかいね』

『繋いでるからよ。それに、あなたのことが大好きだから』

そうだ。

アイと繋いだ手は、温かかった。

温もりなんか知らなかった。

でも本当に本当に本当に本当に寒かった。

そんな僕を温めてくれた。

アイが。

アイだけが。

ああそれがきっと大好きってこと。

きっとあの温もりが、好きって気持ち。

ずっと言葉にできなかった気持ち。

言えないままに終わってしまった気持ち。

そんなの、ひどいじゃないか。

だから、いらない。

僕からアイを奪ったやつらなんて、皆いらない。

僕とアイ以外の全人類、皆いらない。

誰も。

いらない。

聞こえているだろうか、マキちゃん。

ああどうか、叶うなら。

ああどうか、願うなら。

「みんな、いなくなればいい――――!」

「――――うん、聞こえたよ！」

「！」

声がした。
姿が現れた。
淡く輝く箱から紫の燐光が迸る。
マキちゃんがそこに現れる。
光がかたちになって、マキちゃんの姿をつくりだす。
まるでずっとそこに立っていたみたいに。

マキちゃん。マキちゃんだ。マキちゃんがいる。
夢じゃない、生身のマキちゃんが。

「やっと会えたね。
やっと来てくれたね。
やっと願ってくれたね」

マキちゃんが幸福そのものの笑みを浮かべて言った。

「ようやくマキちゃんはリクの役に立てるんだね」

マキちゃんのまわりに浮かぶ、いくつもの小さな箱。

くるくると自転しながら廻る箱の一つ、赤いそれにマキちゃんが手を伸ばす。

まるで。

僕があの部屋の中で夢想した。

血で塗られたような。

赤い、箱に。

「いいよ、世界を創りなおしてあげる。

言ったでしょ、なぁんでも叶えてあげるって」

赤い箱から光が巻き起こる。

光に呑まれる。

紅い朱い赤い、赫い太陽が世界を包む。

僕とアイ以外の世界をすべて壊すために。

僕とアイだけが暮らす世界を新しく創るために。

朝焼けなのか、夕焼けなのか、それとも血の色なのか、僕には分からない。

ただ。

『――――君の名前が知りたいな』

アイと初めて出会った日の夕焼けみたいで、綺麗だった。

幕間　零（ゼロ）

「我慢（がまん）しなきゃいけないと思ってた。するしかないと思ってた。当然なんだと思ってた。

でも辛い。孤独（こどく）が辛い。

どうして私はひとりなの？

どうして私には仲間がいないの？

どうして私はひとりなのに生きなきゃいけないの？

早く死ねばいいなんて　言われなくても分かってる。私が一番そう思ってる。

死にたいのに死ねない。逆らう勇気さえない。そんな自分がいや。ひとりを辛いと思う自分もいや。

なにもかもがいや。ひとりで泣くしかできないなんて、もういや。

ひとりでいるのは、もういやなの。

そばにいたい、だれかのそばにいたい。だれかにそばにいてほしい。

こんなに苦しいのが私ひとりなんて、そんなはずない。そんなわけない。

だから」

「しにたい」

「ころされたい」

「わたしを　殺　してくれる　運命　と出会わせて」

それが願い？　キミの願い？
ならマキちゃんが叶えてあげる。
キミの願いを叶えてあげる。
心配しなくても、ほら、すぐそこに。
キミとおなじひとはいるからね。
キミの仲間で家族で、きっと友達にも恋人にもなれる存在。
それをキミに教えてあげる。
キミが命を尽くす、キミの運命と出会わせてあげる。
そのあとでどうなるかはマキちゃんは知らないけど。

マキちゃんはカミサマ。
マキちゃんはネジマキ。
マキちゃんはハカセにつくられた願いを叶える装置。
だから叶えてあげる。なんだって叶えてあげる。
ハカセの子孫の願いを、全部全部、叶えてあげる。

「……あなたは寂しくないの？
ずっとひとりで願いを叶え続けて。
それで、寂しくないの？」

………？

ひとりってなぁに？
寂しいってなぁに？
マキちゃんには分かんない。
きっとマキちゃんは知らなくて良いこと。
だってマキちゃんは願いを叶えるだけなんだから。

「そう……」

「――――いつか。
いつか、あなたと一緒に生きてくれる存在がいればいいね。
永い永い時間を、一緒に過ごしてくれるひとが」

「あなたを、あいしてくれるひとが」

……　……　？

……　……　……。

……　…………　……。

寂しいって何？
ひとりって何？
優しいって何？

……あいって、なぁに？

マキちゃんには分からない。
マキちゃんはずっとひとりだから、分からない。

でもそれが分かったら。
マキちゃんも――わたしも、二人きりの世界で幸せになれるのかな？

ペラリ。

わたしはカミサマネジマキのマキちゃん。

願いを叶える装置だよ。

六兆年つづいた世界で、わたしが一夜で壊してあげた世界で、ハカセがマキちゃんをそう作ってくれたから。


だからわたしは、この新しい世界で願いを叶え続けるの。

新しい世界で生まれたキミたちは、みんなハカセの子孫だから。

わたしはハカセの子孫の願いを叶えてあげるの。

箱の中から、夢を通して、音を通して、文字を通して。

そしてキミに問いかけるよ。

だってわたしはマキちゃんだから。


わたしの願い？

それは秘密。絶対に秘密。誰にも言わない、マキちゃんの秘密。

リクもユウトもソーへーもナツヒコも知らない。

マキちゃんだけの、だいじな秘密。

地球最後の日には、わたしの願いも叶うといいな——。

――ねぇ、キミの願いはなぁに？

あとがき

大好きな KEMU VOXX 様の楽曲が小説という形になり、さらにその中でも特に好きな「六兆年と一夜物語」のノベライズに関わらせていただけて嬉しいかぎりです！

今さら私が言うまでもなく、「六兆年と一夜物語」、すごく良い曲ですよね……!!

もちろん、今回私が書かせていただいたものは、あくまで楽曲解釈の一つの提案です。こういう風に書く人もいるんだな、という程度に読んでいただけますと幸いです。その上で、楽曲を更に楽しんでいただく一助となりましたら光栄です。

KEMU VOXX 様の楽曲は何度聴いても聴き惚れる神曲ばかりですし、『人生リセットボタン』『インビジブル』『イカサマライフゲイム』それぞれの小説もとても素敵ですので、まだ聴かれていない方、まだ読んでいらっしゃらない方は是非手にとってみてくださいね。本作がより楽しめるかもしれません。

最後に、本作の制作に関わってくださった全ての方々、そして何よりも読んでくださった皆様に、心からの感謝を申しあげます。本当に本当にありがとうございました!!

西本紘奈

〈引用文献〉
KEMU VOXX 原案・木本雅彦『人生リセットボタン』(PHP研究所、二〇一三年)
KEMU VOXX 原案・岩関昂道『インビジブル』(アスキー・メディアワークス、二〇一三年)
KEMU VOXX 原案・一歳椿『イカサマライフゲイム』(PHP研究所、二〇一三年)

Thank you!!
hatsuko
comment
hatsuko

comment
篁ふみ
挿絵を担当しました篁ふみです。
遂にラストの巻ですね。
ありがとうございました！

六兆年と一夜物語

2013年9月25日　初版発行

原案／KEMU VOXX

著者／西本紘奈

イラスト／hatsuko

挿絵／篁ふみ

装丁・デザイン／伸童舎

発行者／井上伸一郎

発行所／株式会社角川書店
東京都千代田区富士見2-13-3　〒102-8078
電話／編集 03-3238-8506

発売元／株式会社KADOKAWA
東京都千代田区富士見2-13-3　〒102-8177
電話／営業 03-3238-8521

http://www.kadokawa.co.jp/

印刷所／暁印刷

製本所／本間製本株式会社

ISBN 978-4-04-110556-6　C0093

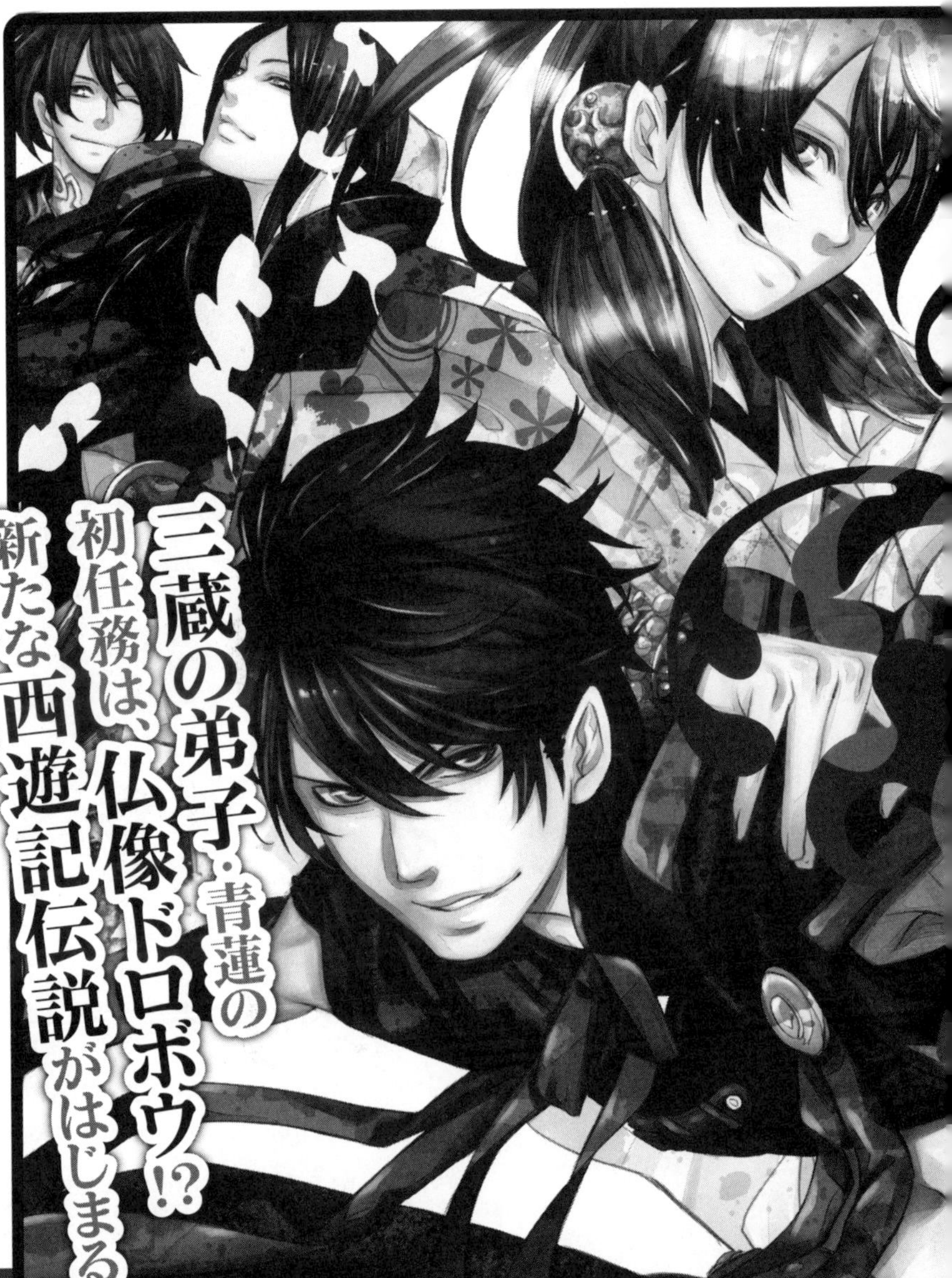
三蔵の弟子・青蓮の
初任務は、仏像ドロボウ!?
新たな西遊記伝説がはじまる!!

「囚人と紙飛行機」
の囚人Pが描く
史上最高の
悲劇――!!
2013年
11/1
発売予定!!
カタストロフの夢
猫口眠@囚人P　イラスト／ミユキルリア
※このイラストは、イメージです。

スキキライ
超人気!!
キュンキュンボカロ曲制作チーム♪
HoneyWorks楽曲が
物語となって登場!!
角川ビーンズ文庫